글쓰기, 나도·쉽게 할 수 있어

끄적끄적 글쓰기

글쓰기, 나도 쉽게 할 수 있어
긁적긁적 글쓰기

초판 1쇄 인쇄 2023년 12월 22일
초판 1쇄 발행 2024년 1월 5일

지은이 백운복
삽화 전태영
펴낸이 최종숙
펴낸곳 글누림출판사
편집 이태곤 권분옥 임애정 강윤경
디자인 안혜진 최선주 이경진
마케팅 박태훈

주소 서울시 서초구 동광로46길 6-6(반포4동 577-25) 문창빌딩 2층(우06589)
전화 02-3409-2055(대표), 2058(영업), 2060(편집)
팩스 02-3409-2059
전자메일 geulnurim2005@daum.net
홈페이지 www.geulnurim.co.kr
등록번호 제303-2005-000038호(2005.10.5)

ISBN 978-89-6327-727-1 03800

글쓰기, 나도 쉽게 할 수 있어

긁적긁적 글쓰기

백운복 지음

글누림

책머리에

글쓰기는 세상과 만나는 아름다운 여정

글쓰기는 세상과 만나는 아름다운 여정입니다. 설명이나 논증과 같은 일반적인 글쓰기가 이성이 안내하는 여정이라면, 묘사나 서사를 위주로 하는 문학적 글쓰기는 나의 감성이 이끌어 가는 여정입니다. 이 책은 그 아름다운 여정을 돕는 동반자가 되고자 합니다.

종이나 원고지에 글을 쓰던 과거와는 달리 현대는 디지털 글쓰기 시대라고 할 수 있습니다. 그렇다고 글 쓰는 행위 자체가 지니는 의미나 가치가 변한 것은 아닙니다. 예나 지금이나 무슨 일을 하든지 사람들에게 가장 중요한 것 중의 하나는 효과적인 커뮤니케이션 능력입니다. 모든 정보의 수수와 의사소통은 언어를 통해 이루어집니다. 언어를 제대로 쓸 줄 모르고서는 생각 또한 제대로 엮을 수 없습니다. 글쓰기는 바로 언어를 바르고 효과적으로 엮는 일입니다. 이는 곧 생각을 제대로 엮는 일이기도 합니다.

오늘날 많은 사람들은 의사소통부터 문자메시지로 합니다. 그리고 이메일을 쓰거나 사회관계망서비스(SNS)에 무언가를 올릴 때도 글쓰기로 이루어진 텍스트가 필요합니다. 직장이나 기업에서도 온라인 화상회의가 잦아져 그 내용을 논리적이고 정제된 글로 정리해야 할 필요가 커졌습니다. 온라인 동영상과 가상현실 시장의 급성장은 오히려 글쓰기의 필요성을 더욱 절실하게 하고 있습니다. 게다가 영화·드라마·게임의 원천이 되는 이른바 창의적인 글쓰기는 지적 재산으로 각광받고 있습니다. 그만큼 글쓰기는 현대인들의 일상생활 속에 깊이 들어와 있습니다.

디지털 시대 글쓰기는 전통적인 글쓰기와 문예창작의 분야를 넘어 이제 거의 모든 소통과 실생활에 필요한 도구가 되었습니다. 게다가 글쓰기 능력이 곧 직장과 사회에서도 성공의 자질이 되고 있습니다. 대입 논술은 물론 대학 리포트나 논문과제도 글쓰기로 이루어지며, 취업이나 진학을 위한 자기소개서, 그리고 보고서, 기획서 등 일상적 실무 능력과 같은 기업 글쓰기도 갈수록 중시되고 있습니다.

이 책은 모든 분야의 글쓰기에 가장 근본이 되고 핵심이 되는 글쓰기의 기초와 글쓰기 단계별 전략을 체계적으로 정리했습니다. 이 책을 통해 효과적인 글쓰기 단계와 전략을 익힌 사람은 일상적인 실용문은 물론, 다양한 분야의 글쓰기와 나아가 문예작품과 같은 창의적인 글쓰기를 하는 경우에라도 결코 당황하는 일이 없을 것이라고 확신합니다.

35년 넘게 대학에서 글쓰기를 가르쳐 오면서 확고해진 것이 있습니다. 글쓰기는 분명 타고난 소질이나 재능이 아니라 기술을 숙련해 이루어 내는 작업이라는 사실입니다. 계획하고, 실행하며,

교정하는 일종의 치밀한 전략의 수행이 곧 글쓰기 과정이라는 점을 잊지 말아야 합니다.

책을 출간할 때마다 느끼는 부채의식은 어쩔 수 없습니다. 미소를 잃지 않고 언제나 곁에서 묵묵히 지켜봐 주는 아내의 배려와, 이제 세상을 향해 정의로운 일을 하려고 나아가는 아들 현빈이의 열정이 고마울 따름입니다. 독자의 이해를 돕기 위한 삽화를 그려준 전태영 님에게도 고마운 마음을 전하고 싶습니다. 출판계의 어려운 현실에서도 필자의 원고라면 마다하지 않고 언제나 책으로 엮어 주는 글누림출판사의 이태곤 편집이사와 직원 여러분께 감사드립니다.

2023년 12월. 백운복 삼가 적음

차례

책머리에 | 글쓰기는 세상과 만나는 아름다운 여정 5

글쓰기의 기초
이것만은 알고 시작하자

단어를 올바르게 선택하자 14
문장을 정확하게 사용하자 15
단락은 '단위 글'이다 17
좋은 글은 어떤 글인가 21
좋은 필자는 무엇을 갖추어야 하는가 23
Tip | 좋은 필자가 되기 위한 실천 사항 26

글쓰기 계획 단계
어떻게 쓸 것인가

무엇에 대하여 쓸 것인가 32
Tip | 주제 설정을 돕는 아이디어 산출 기법 35
누구를 향해, 무슨 목적으로 쓸 것인가 37
어떤 양식의 글로 쓸 것인가 39
Tip | 대학 논술시험 고득점 전략 — 이것만은 꼭 유념해 두자! 52
뒷받침 제재는 적절히 준비되는가 65
어떤 구상에 맞추어 쓸 것인가 67
Tip | 아웃트라인 작성 절차 75

글쓰기 실행 단계

어떻게 쓰고 있는가

아우트라인에 따라 쓰고 있는가 88

정확하고 효과적인 문장으로 쓰고 있는가 94

주제는 전략적으로 강조하고 있는가 96

Tip | 주제 배치의 적절한 장소 98

단락의 소주제문은 적절하고,
뒷받침문장들은 바람직한가 99

단락 간의 연계가 유기적으로 이어지고 있는가 102

글쓰기 교정 단계

어떻게 쓰여 있는가

구상에 맞추어 쓰여 있는가 107

내용은 충실했는가 110

구성은 탄탄했는가 112

표현은 적절하고 정확했는가 113

현대인의 글쓰기

디지털 시대 글쓰기

일상적 글쓰기 118

창의적 글쓰기 120

마음 글쓰기 — 글쓰기치료 121

Tip | 팔리는 <자기소개서> 작성을 위한 네 가지 Tip 123

틀리기 쉬운 우리글

한글 맞춤법, 표준어 규정에서 찾아보기

헷갈리기 쉬운 우리글 바로쓰기 129

자주 틀리는 단어들 152

글쓰기의 기초
[이것만은 알고 시작하자]
글쓰기 계획단계
[어떻게 쓸 것인가]
→
아우트라인 작성
글쓰기 실행단계
[어떻게 쓰고 있는가]
→
초고 작성
글쓰기 교정단계
[어떻게 쓰여 있는가]
글쓰기 완성

[효과적인 글쓰기 전략]

글쓰기의 기초 — 이것만은 알고 시작하자

인간은 그냥 살아가는 것이 아니라, 항상 무엇인가를 느끼고 생각하면서 살아가는 존재이다. "나는 생각한다, 그러므로 나는 존재한다."라는 데카르트의 말이나, '언어는 존재의 집'이라는 하이데거의 말을 유념하지 않더라도, **언어는 바로 생각의 모태요 거푸집이다. 생각은 언어 속에서 움트고 자라서 제 모습을 갖춘다.** 언어 없는 생각, 언어에 기대지 않는 생각은 그저 부연 안개에 불과할 뿐이다. 무엇인가를 '생각한다.'는 행위는 머릿속에서 언어를 찾아내고 또 엮어 가는 과정 바로 그것이다. 한 마디로 생각은 언어에 기대어, 언어와 더불어 이루어진다.

따라서 언어를 바르게 쓸 줄 모르고서는 생각 또한 제대로 엮을 수 없다. **글쓰기는 바로 언어를 바르게 엮는 일이다. 이는 곧 생각을 제대로 엮는 일이기도 하다. 생각을 제대로 빚어 사물과 세계를 바르게 이해하고, 그 대상을 확실하게 인식하기 위해 우리는 글을 쓰고 또 글쓰기 공부를 하는 것이다.**

글을 쓰는 행위는 생각하는 힘에 활력을 불어넣어 끊임없이 논리적인 사고와 상상력을 자극한다. 따라서 글쓰기는 의사소통 능력과 비판적 사고력은 물론, 창의력을 기르는 가장 좋은 방법이기도 하다.

그렇다면 글쓰기의 기초로 우리가 반드시 갖추어야 할 예비적인 지식은 무엇일까. 우선 올바른 단어의 선택과 정확한 문장의 사용법을 익혀야 한다. 그리고 수 개의 문장이 어우러져 형성되는 '단위 글'로서의 단락에 대한 어느 정도의 지식을 지니고 있어야 한다. 아울러 어떤 글이 좋은 글이며, 좋은 필자가 되기 위해 갖추어야 할 요건은 무엇인가를 정리해 두면, 효과적인 글쓰기를 시작하는 데 도움을 받을 수 있다.

단어를 올바르게 선택하자

단어는 문장을 구성하는 기본 단위이다. 좋은 문장을 만들기 위해서는 단어의 적절한 선택이 가장 중요하다. 단어 하나만 잘못 사용해도 문장 전체가 부적절한 문장이 될 뿐만 아니라 결국 좋은 글이 될 수 없다.

또한 단어는 의미를 지닌 최소 단위이다. 따라서 각각의 단어가 지니는 의미를 정확히 알고 사용해야 한다. 부정확한 의미로 쓰인 단어들은 그 단어가 속해 있는 문장뿐만 아니라 그 단락, 나아가 글 전체의 의미를 모호하게 하고, 마침내 글 전체의 가치를 떨어뜨릴 수도 있다.

그리고 단어는 어떤 다른 단어와 어울리거나 문장 중의 다른 요소와 어울릴 때 선택상의 제약을 받는다. 그 제약은 국어의 사용 체계나 문법 체계에서 비롯된다. 따라서 올바른 단어의 선택과 더불어 그 단어를 국어의 사용체계와 문법에 맞도록 사용해야 한다.

적절한 단어 하나하나가 좋은 문장과 좋은 글을 만들어 가는 것이다. 표현하고자 하는 의미를 지닌 가장 적합한 단어를 찾기 위해, 그리고 단어의 의미와 용법을 정확하게 이해하기 위해 노력해야 비로소 좋은 글이 나올 수 있다.

문장을 정확하게 사용하자

단어가 하나의 독립된 개념(의미)을 지니고 있는 최소 단위라면, 문장은 단어들이 어떤 질서나 규칙에 따라 이루어 낸 하나의 독립한 사상을 지닌 최소 단위라고 할 수 있다. 영어의 sentence에 해당하는 말이기도 하다.

아울러 문장은 형식면에서 볼 때 하나의 단위가 된다. 따라서 독립성이 있어야 하며, 사상을 나타내는 것 가운데 최소의 것이어야 한다. 문장은 의미전달의 한 단위가 되어, 그보다 큰 단위의 생각인 단락을 구성하는 요소가 된다.

단어의 의미를 정확하게 이해하고 선택하여 올바르게 사용해야 하는 것처럼, 문장 또한 일정한 규칙과 질서를 바르게 이해하여 정확하게 쓰도록 노력해야 한다.

정확한 문장을 쓰기 위해서는 무엇보다도 국어의 문법을 정확히 알아야 한다. 국어의 문법에는 형태소가 모여 단어를 이루고, 다시 단어가 모여 구나 절, 그리고 문장을 이루는 일정한 규칙들이 있다. 문법을 잘 익히고 있으면 비문법적인 문장이나 어색한 문장을 쓸 위험에서 벗어날 수 있게 된다.

쓰고자 하는 내용을 정확히 전달하기 위해서는 문법적으로 맞아야 한다. 아무리 신선하고 창의적인 사상을 지녔다고 하더라도, 그것을 표현한 문장이 문법적으로 틀려 있다면 그 내용은 결코 올바르게 전달될 수 없을 것이다.

정확한 문장을 쓰기 위해서는 다음과 같은 점을 유의해야 한다.

첫째, 낱말의 선택이 명확해야 한다.

둘째, 문장에 사용된 성분들은 호응과 일치가 정확히 이루어져야 한다.

셋째, 문장을 이루고 있는 구성요소들 간의 지시 관계가 명확히 드러나야 한다.

넷째, 어미와 조사가 올바로 사용되어야 한다.

다섯째, 맞춤법이나 띄어쓰기가 정확해야 한다.

단락은 '단위 글'이다

문장에 이어 글쓰기의 기초로 반드시 유념해야 할 것이 단락이다. 일반적으로 글을 쓸 때 하나의 문장으로 끝맺는 경우는 거의 없다. 대개 여러 개의 문장이 어우러져 좀 더 큰 단위를 형성하며, 다시 이 단위들이 어우러져 한 편의 글을 이루게 된다. 이때 여러 개의 문장이 어우러져 형성된 더 큰 단위가 곧 단락이다.

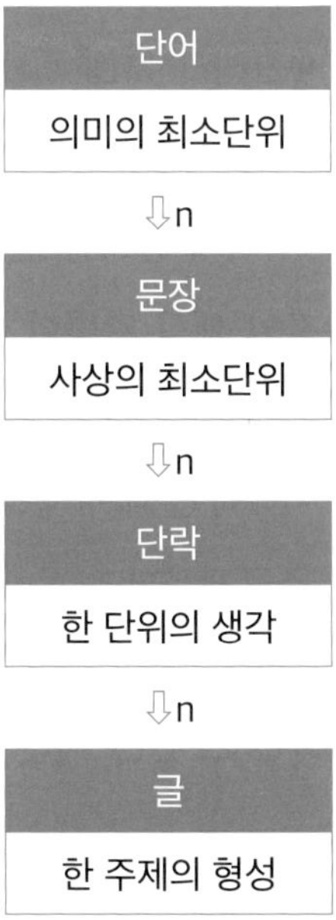

단락은 글 전체의 주제와 관련되면서, 그 주제를 쌓아 올려 형성해 내기 위해 필요한 한 단위의 생각이라고 할 수 있다. 단락을 나누는 까닭은 한 단위의 생각을 독립된 단위로 갈라놓아 다른

단위의 생각과 구별함으로써 글 전체의 의미와 구성관계를 분명하게 해 주려는 의도이다. 이런 의미에서 단락은 글 전체를 형성하기 위해 쌓아 올리는 '단위 글'이라고 할 수 있다.

단락의 핵심은 소주제문이다

단락을 이루는 몇 개의 문장들은 단순하게 모여 있는 것이 아니라 반드시 하나의 소주제로 뭉쳐서 형성되어야 한다. 우리가 나누는 단락은 새로운 생각이나 사태(事態)를 지닌 한 단위의 핵심 관념을 지녀야 하며, 단락을 이루는 모든 문장들은 그 핵심 관념을 뒷받침하고 서술하기 위해 선택된 문장들이어야 한다.

하나의 단락에 필수적인 핵심 관념이 완결적인 표현으로 드러나 있는 것을 소주제문이라고 한다. 따라서 소주제문은 단락을 펼치는 데나 그 요지를 이해하는 데에 중요한 길잡이가 된다. 단락을 전개할 때에는 그 소주제문만을 목표로 삼아 펼치면 되고, 글을 읽을 때는 각 단락이 지니고 있는 소주제문의 내용을 헤아리면 그 요지를 쉽게 파악할 수 있다. 결국 하나의 단락은 하나의 소주제문과 그 소주제문을 떠받들어 서술하는 여러 개의 뒷받침 문장들로 구성된다고 볼 수 있다.

사실 한 편의 글은 단락이라는 '단위 글'이 차례로 이어져서 이루어진다. 그러므로 글을 쓴다는 것은 곧 단락들을 차례로 지어서 연결해 가는 일이라고 할 수 있다. 그만큼 단락을 이루어 가는 일은 글쓰기에서 중요한 당면 과제인 것이다.

하나의 단위 글, 즉 단락을 이루어 나가기 위해서 가장 먼저 해결해야 할 문제가 소주제문을 작성하는 일이다.

소주제문을 작성할 때에는 다음과 같은 점을 유의해야 한다.

첫째, 소주제문은 글의 주제와 관련된 것이어야 한다.
소주제는 글의 일부를 이루는 한 단락의 핵심 내용이므로 글 전체의 주제와 밀접한 관련을 가진 것이어야 한다.
둘째, 소주제문을 작성할 때에는 그 범위를 알맞게 잡아야 한다.
소주제문의 범위를 너무 넓게 잡으면 막연하여 단락의 방향을 설정하기가 힘들어진다. 반면에 너무 좁게 잡으면 논의할 수 있는 대상의 폭이 좁아지므로 서술할 내용이 부실해질 우려가 있다.
셋째, 단락이 소주제에 의해서 통일될 수 있도록 해야 한다.
단락의 전개 내용은 되도록 하나의 초점으로 모이는 것이 바람직하다. 단락을 구성하는 문장들이나 각 부분의 내용이 유기적으로 상호 연관되면서 소주제문으로 압축되어 통일성을 줄 수 있어야 하기 때문이다.

넷째, 소주제문은 간결하고 확실한 표현일수록 좋다.

소주제문은 해당 단락의 핵심 내용을 밝히는 것이 목표이므로, 소주제가 가장 잘 드러나도록 간결하고 확실하게 표현하는 것이 좋다.

단락은 통일성과 긴밀성이 중요하다

소주제문이 결정되면 그것을 중심으로 단락을 완성하는 절차를 밟아야 한다. 하나의 단락은 소주제문과 이를 떠받들어 펼치는 수 개의 뒷받침문장으로 이루어진다. 이처럼 결정된 소주제문을 중심으로 하나의 단락을 완성하는 절차를 단락의 전개라고 한다.

단락을 전개해 나아갈 때 무엇보다도 중요한 점은 단락의 전개 내용이 소주제문의 내용과 연관될 수 있도록 소재들이 일관된 성격을 가져야 한다는 점이다. 그래야만 단락이 통일감을 가질 수 있으며 하나의 '단위 글'로 완결될 수 있다.

따라서 뒷받침문장 하나하나를 쓸 때마다 소주제를 상기하고, 그것을 풀이하거나 합리화 또는 예증하는 내용을 가려서 쓰는 것이 몸에 배도록 노력하여야 한다.

아울러 소주제를 발전시키는 데 별로 도움이 되지 않거나 오히려 해가 될 만한 내용은 그것이 아무리 훌륭하거나 아까운 문장일지라도 미련 없이 버려야 한다.

하나의 단락은 원칙적으로 하나의 소주제에 의해 통제되므로 그 자체로써 하나의 독립된 단위의 생각이 된다. 동시에 각 단락은 한 편의 글 전체를 구성하는 한 부분으로서 다른 단락과의 유기적 연관성을 유지하고 있어야 한다. 이러한 연관성에 의해 단락과 단락이 이어지는 것을 단락의 연계라고 한다.

단락의 전개는 통일성unity이 중요하지만 단락의 연계는 긴밀성coherence이 가장 중요한 요건이 된다. 앞뒤의 단락이, 나아가 한 편의 글을 이루는 데 사용된 모든 단락들이 상호 유기적으로 조직되어 긴밀하게 연관되어 있어야만 주제가 산만해지지 않으며, 이른바 '탄탄하게 잘 구성된 글'이 되는 것이다.

좋은 글은 어떤 글인가

좋은 글은 과연 어떤 글인가. 좋은 글이 갖추어야 할 요건은 무엇인가. 그에 대한 판단은 실제로 글을 읽고 느끼는 독자 각자의 몫이다. 글의 양식에 따라, 또는 시대에 따라 좋은 글의 기준은 달라질 수 있다. 그러나 어떠한 경우라 하더라도 **좋은 글은 한 마디로 글 쓰는 이의 의도와 뜻을 정확하게 표현하면서 동시에 독자에게 감동을 주는 글이라고 할 수 있다.**

이처럼 **좋은 글의 기준**은 관점에 따라 다양할 수 있으나, 누구나 공감할 수 있는 중요한 몇 가지 요건을 살펴보면 다음과 같다.

탄탄하게 잘 구성되어야 한다

좋은 글은 문장 전체를 하나로 이끌고 나아가는 체제pattern는 물론, 문장의 세부적이고 구체적인 관계를 이어주는 조성texture에 이르기까지 그 짜임새가 탄탄하게 잘 구성되어 완결성을 지녀야 한다.

의미를 명확하게 드러내야 한다

특별한 이유가 없는 한 우선 간결하고 쉽게 써야 한다. 그래야 의미의 모호성도 피하고 전달하고자 하는 뜻을 명확하게 전달할 수 있다.

참신하고 창조적이어야 한다

글의 표현은 물론 그 내용도 자기만의 특성을 보여줄 수 있도록 참신하고 창조적이어야 한다. 남이 쓴 글이 아무리 훌륭하다고 해도 그것을 모방해서는 결코 좋은 글이 될 수 없을 뿐만 아니라 글로서의 가치도 없다. 글의 독창성은 소재, 제재, 주제, 표현방법이나 문체 등 다양한 방면에서 나타날 수 있다. 특히 인간과 세계에 대한 개성적 통찰을 의미하는 시각의 독창성은 글의 참신성과 창조성을 결정짓는 가장 중요한 요소이다.

필요한 말을 필요한 만큼만 사용해야 한다

의미의 전달에 불필요한 표현은 일체 배제하고, 필요한 말을 필요한 만큼 사용하여 필요한 만큼의 길이에서 끝내야 한다. 글의 경제성을 위해서는 동어반복을 피하고, 불필요한 단어나 구절, 수식어 등을 과감히 버릴 줄 알아야 한다.

이 밖에도 필자의 삶의 태도가 얼마나 진지하며 성실한가를 드러내 보이는 성실성이라든지, 글의 목적, 독자에 대한 인식, 필자의 시점 등이 서로 잘 들어맞는지의 여부를 묻는 타당성 등도 좋은 글이 지녀야 할 요건이라고 할 수 있다.

좋은 필자는 무엇을 갖추어야 하는가

글쓰기는 한 마디로 '관찰 → 발견 → 확산'의 과정이다. 대상이나 사물에 대한 치밀한 관찰을 통해 무엇인가를 끊임없이 발견해 내고, 그것을 다양한 관점과 방향으로 확산시키는 능력이 곧 글쓰기의 과정이라고 할 수 있다.

좋은 필자가 단기간의 노력으로 이루어지는 것은 아니다. 필자가 애쓴다고 해서 당장 좋은 글이 써지지는 않는다. 일상생활 속에서 항상 어떤 문제나 사물을 깊게 관찰하는 습관을 갖고, 새로운 것을 발견해 내는 적극적인 관심과 다양한 관점을 지닐 때 글쓰기 능력은 자연스럽게 향상될 것이다.

그러면 우선 좋은 필자가 되기 위해서 평소 늘 관심을 갖고 노력해야 할 것들은 무엇인가.

첫째, 어휘에 대해 풍부하게 알아야 하고, 올바른 문장을 쓰는 법을 익혀두어야 한다. 이를 위해 우선 평소에 좋은 글을 많이 읽고, 문법에 맞는 문장, 논리적으로 모순이 없는 문장을 쓸 줄 아는 기술을 익혀야 한다.

둘째, 글을 쓸 때는 자기가 쓰려고 하는 글이 자신만이 지닌 독창적인 생각이나 느낌인가를 생각해 보면서 자신의 시각을 드러내려고 애써야 한다.

셋째, 넓고 풍부한 체험을 하여야 한다. 새로운 체험도 필요하지만, 책을 통한 간접적 체험과 아울러 자신의 일상적 체험을 적절히 활용하는 것이 더욱 중요하다.

넷째, 넓게 읽고, 많이 써보고, 깊이 생각해야 한다.

다섯째, 사물과 삶에 대한 관찰력을 키우고, 항상 새로운 각도에서 보려고 노력해야 한다.

여섯째, 단락에 대한 인식을 분명하게 지녀야 하고, 자기 문체를 개발하기 위해 끊임없이 노력해야 한다.

위의 여섯 항목들은 좋은 필자가 지녀야 할 기본적인 자세라고 할 수 있다. 그러나 글 쓰는 작업을 시작하는 대부분의 학생들이나 일반 사람들은 당장 부딪히는 여러 가지의 난제에 당혹스러워 하며, '나는 원래 글 쓰는 데는 소질이 없다'고 생각해 버리기 일쑤다. 글쓰기의 시작에서 느끼는 그러한 생각이 글쓰기를 방해하는 첫 번째 요인이며, 가장 어려운 관문이다.

사실 서양의 글쓰기 관련 책들을 보면 그 제목부터 '작업work'이니, '기술skill'이니, 또는 '전략strategy'이니 하는 단어가 주로 사용되고 있다. 글쓰기는 분명 타고난 소질이나 재능이 아니라 기술을 숙련해 이루어 내는 작업이며, 치밀한 전략이라는 점을 잊지 말아야 할 것이다.

그러나 우리가 일상생활을 하면서 항상 좋은 글쓰기 필자가 되기 위해 위의 항목들을 염두에 두고 생활할 수는 없다. 그렇다면 보다 나은 필자가 되기 위해 지금 당장 실천에 옮겨 볼 만한 사항들은 무엇인가.

좋은 필자가 되기 위한 실천 사항

TIP

일단 생각나는 대로 지금 써라

여러 가지 생각에 빠지면 단 한 줄도 쓸 수가 없다. 쓸 거리가 생각나지 않더라도 어떻든 쓰기를 시작하라. 조용한 곳에 앉아서 십여 분 동안 멈추지 말고 떠오르는 생각들을 무엇이든 써라. 정 떠오르는 생각이 없으면, 요일이나 가족이나 친구들 이름, 또는 오늘 하루 겪었던 단순한 일들이라도 그냥 써라. 심지어 '무엇을 써야 할지 모르겠다.'라고라도 써라. 쓰는 행위는 사고를 자극한다. 곧 새로운 생각들이 스칠 것이며, 그것들에 대해 쓸 수 있게 될 것이다.

하루에 한 문장이라도 꾸준히 써보는 습관을 길러라

글쓰기 기술을 향상시키는 데는 시간이 걸린다. 짧은 시간에 많은 것을 기대한다면 낙담하게 될 것이다. 인내심을 가지고 서서히 확고한 발전을 도모해야 한다. 어떤 양식, 어떤 내용, 어떤 화제나 주제라도 상관없다. 하루에 한 문장이라도, 조금 익숙해지면 하루에 한 단락이라도 써보는 습관을 기르면 놀랍도록 향상될 것이다.

글쓰기는 '관찰 → 발견 → 확산'의 과정이라는 점을 명심하라

일상생활 속에서 항상 어떤 문제나 사물을 깊게 관찰하는 습관을 갖고, 새로운 것을 발견해내며, 그것을 다양한 관점과 방향으로 확산시키는 능력을 키워야 한다.

다른 필자들의 반응과 지적을 경청하라

훌륭한 필자들이나 친구들이 내가 쓴 초안에 대해 어떤 반응을 보이는지를 주목하라. 독자의 반응은 필자에게 매우 소중하다. 아울러 같은 문제를 다시 반복하지 않도록 어떤 문제에 대한 해결책을 반드시 메모해 둘 필요가 있다.

좋은 글쓰기는 '고쳐 쓰기'에 달려 있다는 점을 명심하라

아무리 숙련된 필자라고 하더라도 만족할 때까지 초안을 여러 번 고쳐 쓰고 다시 작업한다는 사실을 잊어서는 안 된다.

매일 흥미로운 것들을 읽는 습관을 가져라

신문이나 잡지, 관련 도서나 문예작품 등 필자가 흥미를 느낄 수 있는 것들을 읽어라. 읽으면서 서론이나 결론은 물론, 논지를 이끌어 가는 세부 항목들의 변화를 어떻게 다루는지 주의 깊게 살펴라. 아울러 생소한 단어들을 주시하고, 문장 구조를 주목하라. 그리고 독서에서 관찰한 여러 가지 전략들을 글쓰기에 구체적으로 활용하려고 애써라. 많이 독서할수록 글쓰기는 그만큼 더 빠르게 개선될 것이다.

잘못에 대해 두려워하지 마라

비록 글쓰기에 미숙한 필자라 하더라도 잘못에 대해 두려움을 가져서는 안 된다. 잘못을 두려워하면 시도하지도 못할 것이고, 시도하지 않으면 결코 글쓰기를 이루어낼 수 없다.

글쓰기 계획 단계

어떻게 쓸 것인가

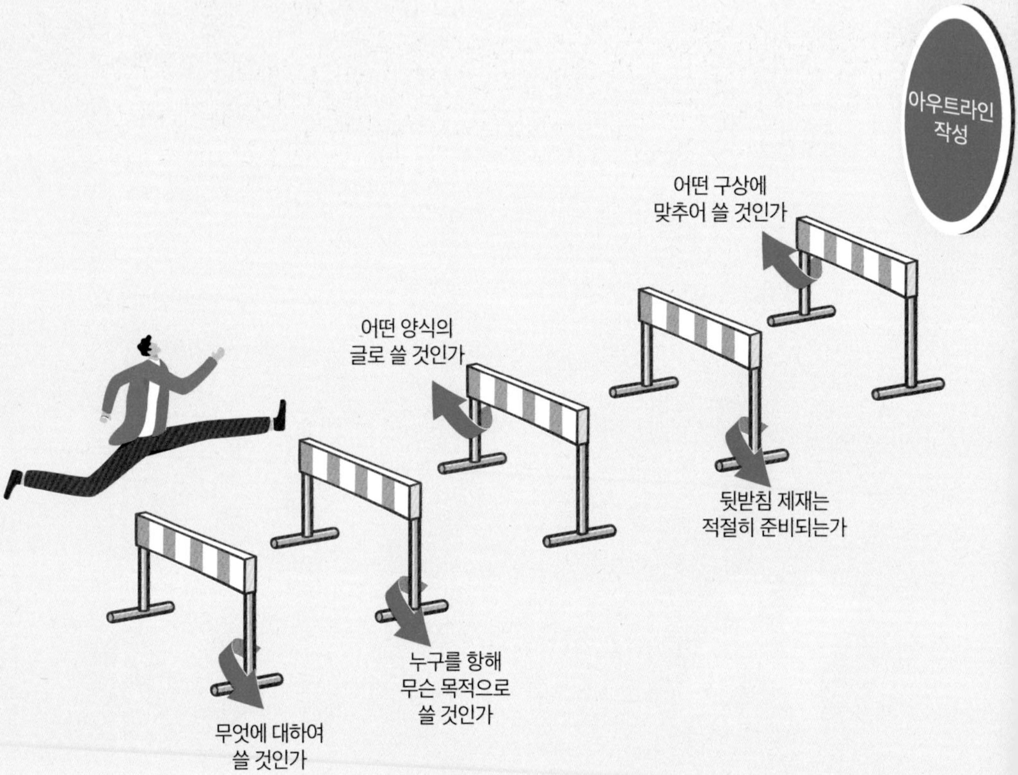

아우트라인
작성
어떤 구상에
맞추어 쓸 것인가
어떤 양식의
글로 쓸 것인가
뒷받침 제재는
적절히 준비되는가
누구를 항해
무슨 목적으로
쓸 것인가
무엇에 대하여
쓸 것인가

[글쓰기 계획 단계 — 어떻게 쓸 것인가]

앞에서도 강조했듯이 글쓰기는 분명 타고난 소질이나 재능이 아니라 기술을 숙련해 이루어 내는 작업이며, 치밀한 전략에 의해 이루어지는 결과물이라는 점을 잊지 말아야 한다. 따라서 좋은 글을 쓰기 위해서는 계획하고, 실행하고, 교정하는 단계별 전략이 필요하다.

글쓰기를 시도하는 출발점은 글쓰기를 계획하는 단계이다. 이것은 곧 어떻게 쓸 것인가에 대한 다양한 구도를 잡는 단계라고 할 수 있다. 그렇다면 글쓰기 계획 단계에서 고려해야 할 사안들은 무엇인가.

글은 의사소통을 위한 언어 행위의 일종이다. 일반적인 글쓰기는 누군가를 향해 무엇인가를 전달하고자 하는 의도와 동기를 가지고 이루어진다. 따라서 쓰는 글을 통하여 필자가 독자에게 전달하고자 하는 핵심 사상, 곧 주제가 있을 것이다. 아울러 글을 쓰는 동기나 목적, 독자의 성격 등 필자가 처하게 되는 특수한 정황이 있을 것이며, 그에 따라 가장 적합한 글의 양식이 결정될 것이다. 또한 주제를 살려 구체적으로 전개시키는 데 필요한 다양한 제재를 모으는 일도 글쓰기 전에 반드시 갖추어야 할 요건이다. 글쓰기 전에 이상과 같은 사안들을 분명하게 파악하고 준비해야 제대로 글쓰기를 진행할 수 있다.

주제의 확정, 필자의 동기와 목적, 독자의 성격, 쓰려고 하는 글의 양식, 충분한 뒷받침 제재 등이 갖추어지고 나면 그 다음으로 가장 중요한 것이 이들을 어떤 통일된 체계로 결집시키는 일이다. 이 일은 구상과 아우트라인 작성을 통해 수행된다.

구상과 아우트라인 작성은 전체 글의 구조를 생각하여 어떤 내용을 어떤 순서와 방식으로 배열할 것인지에 대한 글의 짜임새를 미리 설계해 보는 일이다. 따라서 아우트라인 작성은 글쓰기 계획 단계의 최종적인 작업이면서 동시에 실질적인 글쓰기를 시작하는 데 필요한 출발점이다.

무엇에 대하여 쓸 것인가

"이 글은 무엇에 대하여 썼다."라고 말할 때가 있는데, 그 '무엇에 대하여'가 바로 주제라고 할 수 있다. 이처럼 **주제는 글의 중심 내용, 즉 필자가 그 글을 통하여 독자에게 전달하고자 하는 중심 사상이나 핵심을 말한다. 글을 쓰기 전에 주제를 확실하게**

정해 놓지 않으면 좋은 글을 쓸 수가 없다. 무엇에 대하여 쓸 것인가를 구체적으로 규정하는 일, 즉 주제를 설정하는 일은 글쓰기의 첫 번째 절차이다. 결국 한 편의 글이란 필자가 의도한 주제를 구체적으로 형성(形成)한 것이라고 할 수 있다.

그렇다고 처음부터 곧바로 주제를 설정한다는 것은 무리이다. 그 주제의 싹이라고 할 수 있는 화제에서 출발하여 구체적인 주제를 키워 나가야 한다. 화제란 주제를 형성하기 이전의, 그 사상을 낳게 될 관념이나 대상을 말한다. 따라서 주제를 설정하기 위해서 우리는 먼저 하나의 막연한 관념이나 대상으로서의 화제를 선택해야 한다. 물론 화제는 글 쓰는 사람에게 일방적으로 주어지는 경우도 있으나, 대부분의 경우 글 쓰는 사람에 의해 선택된다.

화제를 선택할 때, 굳이 심오한 사상을 드러내거나 독특한 것일 필요는 없다. 비록 생활 속에서 겪은 사소한 경험의 일부라고 하더라도, 그것이 필자에게 의미 있고 독자들과 함께 생각해 볼 만한 가치를 지닌 것이라면 화제의 자격으로 충분한 것이다.

이와 같이 **글쓰기 전의 첫 번째 절차는 화제를 선택하고, 그 화제를 필자의 구체적인 관점이나 태도가 배인 주제로 발전시켜, 주제문으로 정리하는 일이 될 것이다.**

그러면 바람직한 주제를 설정하기 위해 필자가 유념해야 할 사항은 무엇인가.

첫째, **주제는 되도록 한정한다.** 특히 글의 분량이 정해져 있을 때는 그 분량 내에서 소화할 수 있을 정도로 한정된 주제를 골라야 한다.

둘째, **필자가 관심을 가지고 있으며, 또 잘 알고 있는 주제를 고른다.**

셋째, **독자의 관심이나 흥미를 끌 수 있는 주제를 고른다.**

넷째, **필자의 새로운 관점과 태도를 통해 독창성을 담을 수 있는 주제를 고른다.**

그러나 글 쓰는 작업을 시작하는 대부분의 학생들이나 일반 사람들은 화제가 막연히 떠오른다 하더라도 구체적으로 '무엇을 써야 할지 모르겠다.'는 난관에 부딪히고 마는 경우가 많다. 주제 설정에서 겪게 되는 이러한 곤란함을 극복하기 위해 아래와 같은 아이디어 산출 기법을 활용하면 도움을 받을 수 있다.

주제 설정을 돕는 아이디어 산출 기법

TIP

화제에서 출발하라

처음부터 주제를 바로 설정하려고 하지 말고 화제에서 자유롭게 출발하라.

관련된 아이디어를 연결시켜 나가라

생각하고자 하는 화제나 주제 영역을 중앙에 쓰고, 그 주위에 원을 그리듯이 관련된 여러 가지 아이디어들을 연결시켜 나가라. 계속 이런 식으로 세포 분열하듯이 확장시켜 나가면 주제를 구체화할 수 있다.

목록 만들기를 시도하라

모아진 아이디어들을 항목별로 나누어, 취급하고자 하는 순서로 번호를 매겨 세로로 목록 만들기를 시도하라. 이어서 그 항목들을 점검하고 원하지 않는 아이디어는 지우고 새로운 아이디어를 첨가하라. 이것은 나중에 초안을 쓰는 데 매우 유용하게 사용된다.

화제를 다른 각도에서 검토하라

쓰고자 하는 것이 넓은 주제 범위를 가지고 있어서 주제를 어떻게 접근하고 한정시켜야 할지 확신이 서지 않으면, 그것을 다른 각도에서 관찰하려고 시도하라.

화제를 자신의 경험과 관련지어라

쓰고자 하는 화제를 자신의 경험과 관련지어 보면 더 좋은 아이디어가 떠오를 수 있다. 그러면 새로운 보충이 가능해지고 주제를 설정하는 데도 도움을 받을 수 있다.

다른 사람들에게 이야기하고, 잠시 동안의 잠복기간을 두어라

자신의 아이디어들을 다른 사람에게 이야기하거나, 잠시 동안의 잠복기간을 두면 새로운 방향과 방법이 떠오를 수 있다.

글을 쓰는 정황을 다시 확인하라

글을 쓰는 목적, 읽을 독자, 필자의 역할 등과 같은 정황들을 다시 한 번 명백히 하면 더 나은 아이디어가 떠오를 것이다.

시험적인 초안draft을 작성하라

처음부터 쓰려고 하는 글의 초안을 지나치게 의식하지 말아라. 시험적인 초안을 작성한다는 생각으로 시도하다 보면 그 이상의 아이디어를 발견하게 되는 것이다.

누구를 향해, 무슨 목적으로 쓸 것인가

문학 작품과 같은 표현 동기에서 이루어진 글은 비교적 광범위한 독자에 대하여 호소력을 가지고 있다. 이 경우에는 독자에 대한 이해를 그다지 깊게 할 필요는 없을 것이다. 그러나 일반적으로 글이란 많고 적은 차이가 있다 해도 어느 한정된 독자에게 주어지기 마련이다. 따라서 내 글을 읽게 될 독자의 관심이나 태도는 물론이고, 그들이 지니고 있을 교양이나 능력 등에도 유념해야 한다. 그에 따라서 글의 내용과 형식이 달라질 것이며, 필자가 지녀야 할 태도도 영향을 받게 될 것이다.

이와 같이 **글쓰기 전에 필자는, 자신이 처한 특수한 정황에 대해 명확히 인식해야 한다. 내가 지금 쓰려고 하는 글이 누구를 향해 이야기하려고 하며, 또 무슨 목적과 의도를 가지고 있는지를 분명하게 해야 하기 때문이다. 그리고 쓰려는 글이 주관적 정서의 표현인지 아니면 내용이나 사상의 전달을 위주로 한 것인지를 필자 자신이 인식함으로써 보다 짜임새 있고 설득력 있는 글을 쓸 수 있을 것이다.**

이처럼 필자가 처하게 되는 특수한 정황, 곧 처지로는 글을 쓰는 동기나 목적과 내 글을 읽게 될 독자의 성격을 들 수 있다. 그렇다면 그러한 정황을 어떻게 미리 확인해 볼 수 있을까.

우선 글을 쓰는 목적을 확인하기 위해서 다음과 같은 질문을 던져 보는 방법이 있다.

1) 독자들과 어떤 느낌, 생각, 경험들을 함께 나눌 수 있는가?

2) 독자들에게 무엇에 대한 정보를 줄 수 있는가?

3) 독자들에게 무엇에 대해 설득할 수 있는가?

4) 독자들을 어떤 방법으로 즐겁게 해 줄 수 있는가?

그리고 독자의 성격을 보다 구체적으로 규정하기 위해서 다음과 같은 질문 방법을 활용해 볼 수 있다.

1) 내 글을 통해 어떤 사람이 무엇을 배울 수 있을까?

2) 누가 내 화제에 흥미를 갖고 그것의 중요성을 찾아낼 것인가?

3) 생각하거나 행동하는 데 누가 영향을 받게 될 수 있을까?

4) 내가 말하고자 하는 것을 들을 필요가 있는 사람은 누구일까?

어떤 양식의 글로 쓸 것인가

주제가 설정되고 글을 쓰는 목적과 독자의 성격이 규정되면, 그것을 어떤 양식의 글로 쓸 것인가를 결정해야 한다. 기술의 양식은 글을 쓰는 동기나 의도에 의해 결정된다.

우리가 글을 쓰는 동기나 의도에는 대체로 다음 네 가지가 있다.

1) 독자에게 무엇인가를 알려 이해시키고자 한다.
2) 어떤 문제를 증명하여 독자를 확신시키고 설득하고자 한다.
3) 어떤 대상의 현상을 관찰하여 그 인상을 감각적으로 말하고자 한다.
4) 무슨 사건이 일어났는지를 독자에게 이야기하고자 한다.

위의 네 가지 의도에 따라 각각 설명, 논증, 묘사, 서사 등의 기술 양식이 결정된다.

1. 설명 양식

설명은 주제를 풀어서 밝히는 기술 양식으로, 지식이나 정보의 전달을 목적으로 하여 상대방이 잘 모르는 것을 알게 해 준다. 곧 설명 양식은 독자에게 무엇인가를 알려 이해시키는 것이 그 목적인 글이다. 설명 양식은 네 가지 기술 방식 가운데 가장 널리 사용된다.

설명은 어떤 물음에 대한 해답이라고 할 수 있기 때문에, 묻는 사람의 관심의 초점이 어디에 있는가를 정확히 파악하는 것이 중요하다. 문제를 제기하는 방법이 구체적이고 한정적일수록 그 대답도 정확하고 명료해진다. 또한 설명은 단순히 문제를 밝혀 독자로 하여금 이해하게 하는 것인 만큼, 항상 객관적이고 일반적인 개념으로 풀어나가는 것이 좋다.

설명을 요구하는 질문들로는 다음과 같은 것들을 상정할 수 있다.

그것은 무엇인가?
그것은 무엇을 의미하는가?
그것은 무엇을 하고 있는가?
그것은 어떻게 이루어져 있는가?
그것은 무슨 가치가 있는가?
그것의 기능은 무엇인가?
그것의 원인은 무엇인가?
그것의 중요성은 무엇인가?
그 사건의 전말은 무엇인가?
그는 누구인가?
그녀는 어떤 인물인가?

이밖에도 어떤 대상이나 사물이 무엇인가를 묻는 질문들은 얼마든지 있을 수 있다. 이럴 경우 우리는 설명 양식의 글을 활용하게 될 것이다.

사실 우리가 쓰는 문장의 대부분은 설명이라고 할 수 있다. 아울러 설명을 효과적으로 해내기 위해서 주로 사용되고 있는 기술 방법으로는 지정(指定), 정의, 비교와 대조, 분류와 구분, 예시 등이 있다.

(1) 지정

'무엇이냐?' 또는 '누구냐?'라는 물음에 대해 '무엇이다(누구다)'라고 가장 간단하게 대답하는 방법이다. 설명의 방법 가운데서 가장 명백하고 단순한 것이다.

(2) 정의

정의 역시 '무엇이냐?'라는 물음에 대한 해답의 형식을 지닌다.

정의는 정의되는 항(피정의항)과 정의하는 항(정의항)으로 이루어진다. 이 때 두 항은 대등관계 위에 서게 된다.

즉 '피정의항(종개념) = 정의항(종차+유개념)'과 같은 등식관계가 성립된다.

피정의항	정의항	
인간은 (종개념)	사회적인 (종차)	동물이다 (유개념)

이처럼 정의는 우선 정의되는 항('인간')을 어떤 한 부류(類)('동물') 속에 정립시키고, 다음으로 그 부류 속에서 특징적으로 구별될 수 있는 성질(種差)('사회적인')을 지적함으로써 그 부류 속의 다른 구성 분자들(種)과 구별 짓는 과정을 밟아 이루어진다.

정의에 쓰이는 용어와 지식은 필자와 독자 모두에게 공통되는 기반을 지니고 있어야 한다. 그렇지 못하면 정의가 내포하고 있는 지식이나 정보가 일반 독자에게 온전히 전달되지 못할 것이다.

또한 정의는 다음 두 가지 원칙에 반드시 합당하도록 기술되어야 한다.

첫째, 피정의항이 정의항의 부분이어서는 안 된다.

둘째, 피정의항이 부정적 기술이 아닌 한, 정의항도 부정적 기술이어서는 안 된다.

(3) 비교와 대조

비교와 대조는 문장에 나타나는 대상들을 서로 관계 맺도록 함으로써 성립되는 설명의 한 방법이다. 이 때 대상들은 서로 유사점과 차이점을 지니고 있어야 한다. 그 유사점에 초점을 맞추어 설명하면 비교가 되고, 차이점에 초점을 맞추어 설명하면 대조가 된다.

(4) 분류와 구분

분류와 구분은 둘 이상의 사물을 질서 있게 정리하기 위하여 종류를 가르는 작업이라고 할 수 있다. 이 때 계층적인 부류조직의 상위(유개념類槪念)에서 하위(종개념種槪念)로 이행하는 방식을 구분(區分)이라고 하고, 그 반대의 경우를 분류(分類)라고 한다.

일반적으로 구분과 분류를 효과적으로 해내기 위해서는 다음 세 가지 원칙을 따르는 것이 좋다.

첫째, 각 계층마다 구분하거나 분류하는 기준은 동일해야 한다.

둘째, 하위의 종속적인 계층은 그것이 속하는 상위의 계층을 모두 밝혀야 한다.

셋째, 첫 번째 계층에서 적용된 구분·분류의 원칙은 후속 계층에까지 일관되어야 한다.

(5) 예시

보기를 들어 설명하는 서술 방식을 예시라고 한다. 예시를 하면 추상적인 내용이 보다 구체화되고, 이해하기 어려운 것이 쉽게 이해될 수 있다.

그러나 설명하고자 하는 내용에 적절한 예를 찾아 사용하기란 그리 쉽지 않다. 예시는 글의 논지나 일반화를 충분히 뒷받침할 수 있는 적절하고 명료한 것이라야 한다.

이밖에도 어떤 대상을 설명할 때, 그 설명의 효과를 높이기 위해 묘사의 기술 방법을 이용하는 묘사적 설명이나, 어떤 사실이나 사건에 대한 이해를 돕기 위한 목적으로 서사의 기술 방법을 이용하는 서사적 설명 등도 설명의 방법으로 활용되고 있다.

다음의 예문은 설명 양식으로 이루어진 글이라고 할 수 있다.

조선 시대의 기와집은 크게 사랑채, 안채, 그리고 행랑채와 사당으로 구분됩니다. 대문으로 들어가면 행랑마당이 나오는데, 여기에 행랑채가 있습니다. 행랑채는 집안의 하인이 머무르는 곳으로, 광과 방으로 되어 있습니다. 광에는 곡식들을 저장해 두지요. 행랑마당의 오른쪽으로 난 문을 통해 사랑마당을 지나면 사랑채에 오르게 됩니다.

사랑채는 집안의 남자들이 지내던 곳으로, 사랑방, 대청과 누마루, 침방, 서고 등으로 구성됩니다. 아버지가 쓰는 공간은 큰사랑이라고 하고, 아들이 쓰는 공간은 작은사랑이라고 했습니다. 사랑방은 주인이 머무르면서 손님들을 접대하고 자녀들을 교육하였던 공간으로, 집안에서 가장 중요한 곳이었습니다.

양반들은 가족이라고 해도 남자들과 여자들이 공간을 달리해서 생활했습니다. 행랑마당의 왼쪽으로 난 문을 통하면 집안 여자들이 머무르던 안채로 들어서게 됩니다. 안채는 대문에서 가장 먼 쪽에 자리를 잡아 다른 사람이 쉽게 접근하지 못하도록 만들었지요. 여자는 안에서 살림을 도맡아 하고 바깥출입은 삼가야 한다는 유교 규범의 영향 때문이었습니다.

안채는 안마당을 중심으로 안방, 대청, 건넌방, 부엌 등으로 구성되어 있습니다. 안채 옆으로 난 작은 문을 통하면 별당으로 들어서는데, 별당에는 며느리나 나이 많은 딸, 또는 노부부가 살았습니다.

사당은 조상을 모셔 제사나 차례를 지내는 곳입니다. 주로 높은 벼슬을 하는 양반 집에 있었습니다.

— 원영주, 「기와집의 구조」에서

조선 시대 기와집의 구조를 설명하고 있는 글이다. 사랑채와 안채, 행랑채와 사당을 '구분'하여 '지정'과 '정의'의 설명 방법으로 기술하고 있다. 행랑마당을 기준으로 '오른 쪽으로 난 문을 지나면'과 '왼쪽으로 난 문을 통하면'처럼 각 방향을 '대조'하여 설명하고 있다. 이어서 사랑채와 안채는 남자들과 여자들이 공간을 달리해서 생활했다는 '대조'의 방법으로 서술하고 있다. 그만큼 조선 시대 기와집의 구조를 설명하기 위해 설명의 다양한 방법을 효과적으로 활용하고 있는 것이다.

2. 논증 양식

논증은 어떤 논리를 이용하여 독자의 태도나 관점, 또는 감정 등을 변화시키고자 하는 기술 양식이다. 일반적으로 논증은 아직 명백하지 않은 사실이나 원칙에 대하여 그 진실 여부를 증명하는 것이다. 여기에 한 걸음 더 나아가 독자로 하여금 필자가 증명한 바를 옳다고 믿게 하고 그것에 따라서 행동하도록 꾀하는 기술 양식이다.

따라서 논증은 항상 어떤 사실이나 원칙에 대한 갈등을 전제로 하고 있다. 증명까지가 논증의 소극적인 면이라면, 사고하고 행동하게 하려는 시도는 그 적극적인 면이다. 만일 증명에만 그

치고 만다면 설명과 큰 차이가 없게 된다.

논증은 언제나 논증할 문제나 대상을 설정하여야 하며, 그것에 관한 명제에 대해서만 행해질 수 있다. 이때 명제란 언제나 믿을 수 있고 부정할 수 없는 진술을 말하며, 그것은 필자의 신념, 주장, 판단, 지식, 식견 등을 드러낸다. 따라서 명제는 증거에 의하여 입증되어야 한다. 증거 없는 명제의 논증은 성립할 수도 없고, 아무도 그것을 받아들이려 하지 않을 것이다.

논증 양식의 글쓰기 또는 논술(論述)은 논리적 글쓰기를 말한다. 논리적 글쓰기는 자신의 생각을 주장하는 글쓰기이다. 즉 글에 생각의 연결고리가 있어, 생각이 발전하며 뒷받침되어 가는 글을 논리적인 글이라고 한다. 그만큼 이성적이며 머리로 이해되는 글이라고 할 수 있다.

다시 말해서 필자가 주장하는 명제(주제)를 논리적으로 증명해 나가는 과정이 곧 논리적 글쓰기이다. 이때 증거에 의하여 명제를 입증하는 재료를 논거(論據)라고 한다. 즉 근거의 확실성을 보장하는 것이 논거다.

논거에는 '사실논거'와 '소견논거'가 있다. 논거가 사실로서 인정되기 위해서는 신뢰성 있는 근거에 의해서 검증되거나 증명되어야 한다. 또한 논거가 소견으로서 지닐 신뢰성은 그 소견을 가진 사람의 권위에 의존한다. 그러므로 소견논거를 취할 때는 그 권위가 갖는 시기와 분야 등을 고려하여 신중하게 선택하여야 한다.

또한 우리가 내린 결론을 위해 논거가 잡혀졌다 해도 그것의 정당성 여부를 밝히지 않으면 안 된다. 그리고 그것은 추론(推論)에 의지할 수밖에 없다. 이런 의미에서 추론은 논증의 핵심이 된다고 할 수 있다. 곧 추론은 어떤 명제를 논거에 의하여 결론에 도달하기까지 논술하는 일련의 과정을 의미한다.

추론의 방법에는 일반적으로 '귀납추리'와 '연역추리'가 있다.

귀납추리란 특수한 사실을 전제로 하여 일반적인 사실이나 현상으로 결론을 내리는 방법이다. 여기에는 일정 수의 개별적인 사례에서 시작하여 같은 종류의 나머지 모든 사례도 같은 것이 되리라는 일반적인 결론에 도달하게 되는 '일반화'와, 만일 두 사례가 그 일정 수의 개성에 있어서 비슷하다면 그 두 사례가 문제된 점에 있어서도 비슷하리라고 추단하는 '유추(類推)'가 있다.

몇 개의 구성요소에 대해 옳은 것은 전체에 대해서도 옳다고 가정하는 귀납추리와는 달리, 연역추리는 한 부류에 대해서 옳은 것은 그 부류의 모든 구성요소에 대해서도 옳다고 가정하는 추론의 방법이다.

연역추리의 가장 전형적인 경우가 대전제, 소전제, 결론의 과정을 거치는 이른바 삼단논법이다.

모든 사람은 죽는다.(대전제)
소크라테스는 사람이었다.(소전제)
그러므로 소크라테스는 죽었다.(결론)

그러나 이 세 부분이 잘못 연관되어 있을 때는 오류를 범할 우려가 있다. 특히 잘못된 전제나 빗나간 추론, 애매한 말이나 그릇된 결론, 논점의 회피나 논의의 비약 등으로 오류를 범하는 경우가 많다.

논증은 엄격히 말해서 독자의 이성에 호소하는 것이다. 그러나 최소한의 논리를 가지고 감정에 호소하는 '설득'도 논증을 위해 원용될 수 있다. 설득은 논증과 목적은 같으나 그 방법이 다르다고 할 수 있다.

다음의 예문은 논증 양식으로 이루어진 글이라고 할 수 있다.

BTS 성공 키워드 '장벽을 뛰어넘는 상상력, 연대와 존중의 가치'

"저는 별다른 꿈 대신 분노가 있었습니다. 납득할 수 없는 현실, 저를 불행하게 하는 상황과 싸우고, 화를 내고, 분노하며 여기까지 왔습니다. 그것이 저를 움직이게 한 원동력이었고 제가 멈출 수 없는 이유였습니다. 그러니 많은 분들에게 위로와 행복을 드릴 수 있었던 것은 제 꿈이 아니라 제 불만이 시작이었을지도 모르겠습니다."

한국을 넘어 세계적인 뮤지션 그룹이 된 방탄소년단, BTS를 탄생시킨 방시혁 하이브 의장이 2019년 2월 26일 서울대학교 졸업식에서 한 축사의 일부이다. 이처럼 그는 자신이 여기까지 올 수 있었던 원동력으로 '분노'를 말한다. 하지만 축사 내용의 전반을 살펴보면, 이때의 분노는 단순히 음악 산업에 '화가 난 것'만을 의미하지는 않는 것으로 보인다. 그는 스스로 큰 꿈은 없었으며 분노가 동력이었다고 말하지만, 이때의 분노는 장벽을 극복하는 상상력과 그에 따른 대안을 수반하고 있음을 보게 된다. 그리고 그것은 분노라기보다는 오히려 '창의'라는 이름으로 읽힌다.

오늘의 한류가 사실 처음부터 지금처럼 뜨거웠던 것은 아니었다. 한류는 세계의 수많은 장벽을 뚫으며 오늘에 이르렀다고 볼 수 있다. 일본에는 한류에 맞서고자 하는 '혐(嫌)한류' 여론이, 중국에는 한국의 한복이나 아리랑과 같은 문화도 중국의 것이라 왜곡하는 움직임이, 서구 문화권에는 세계를 향해 문을 두드리는 아시아 한 나라의 문화를 마냥 달갑게 보지 않는 시선이 있다. 그럼에도 불구하고 방탄소년단의 음악은 매번 그러한 장벽들을 돌파하며 세계로 나아가고 있다.

BTS의 구성원 한 명 한 명 역시 각자의 장벽을 넘었다. 작은 기획사 소속, 주어지지 않았던 무대, 유독 심했던 각종 차별과 편견, 악플들까지. 그들은 그들이 전하는 메시지처럼, 자신을 사랑함으로써 더 강해진다는 것을 전 세계에 증명해냈다.

한 단계 나아가, 그들의 예술은 '오락'에 멈추지 않았다. 오락은 그저 오락일 뿐이라는 생각에서 벗어나 오락 속에 'Love Yourself(스스로를 사랑하라)'라는, 희망과 자존감의 메시지를 담았다.

누군가를 희화화하여 '예능감'을 찾는 일부 오락 프로그램, 버닝썬 게이트나 연예인 단톡방 사건 등을 통해 드러난 일부 연예계의 선정성이 엔터테인먼트의 공간을 씁쓸하게 만들었다면, BTS의 음악 속에는 서로를 향한 연대와 존중의 가치가 녹아 있다. 상대를 비하하며 상처를 주는 예능이나 누군가의 존엄성을 훼손하는 선정적인 오락이 아니어도 즐거움과 감동을 줄 콘텐츠가 충분히 많다는 것을 BTS는 보여주고 있다. 또한 많은 예술인들이 즐거움 속에 소중한 가치를 담고자 지금도 곳곳에서 활약하고 있다. 이들에게서 우리 문화의 더 나은 미래를 본다.

이제는 방탄소년단의 성공과 한류를 예찬하고 홍보하는 차원을 넘어야 한다. 한 걸음 더 나아가, 우리 사회의 수많은 장벽을 바로 보고 기꺼이 도전하며 과감하게 대안을 제시하는 '상상력'을 장려하는 문화가 필요하다. 어릴 때부터 다양한 문화를 누리며 지적, 정서적 자극을 받고 성장할 수 있는 여건과 함께 고정된 틀을 깨는 상상력을 발휘하고 도전할 기회가 끊임없이 주어질 때 세계인을 움직이는 창의성이 발휘될 수 있을 것으로 기대한다. 바로 여기서, 모방할 수 없고 폄훼해도 꺾이지 않으며, 자극적이고 선정적이지 않아도 많은 사람들이 함께 즐거울 수 있는, 그래서 세계인이 다함께 감동하는 문화가 발현되지 않을까.

— 백현빈, 「BTS 성공 키워드 '장벽을 뛰어넘는 상상력, 연대와 존중의 가치'」(이슈인팩트, 2021.12.20.) 전문

'BTS 성공 키워드' 문제에 대한 논자의 신념, 주장, 판단, 식견 등을 논리적으로 진술하고 있다. 아울러 논자는 문제를 풀어가는 자신의 논리를 이용하여 독자의 태도나 관점, 감정 등을 변화시켜 결국에는 필자의 논리를 옳다고 믿고 행동하도록 유도하고자 한다. 이러한 동기나 의도에 의해서 쓴 글이 곧 논증 양식이다.

논증은 논증할 문제나 대상을 설정하고, 그것에 대한 명제에 대해서만 행해질 수 있다. 위 글은 'BTS 성공에는 장벽을 뛰어넘는 상상력과 서로를 향한 연대와 존중의 가치가 녹아 있다.'라는 명제를 주제로 설정했다고 볼 수 있다.

위 글에서 논자는 그러한 명제를 입증하기 위해서 다양한 논거를 재료로 사용하고 있다. 우선 방시혁의 서울대학교 졸업식 축사 일부를 소견논거로 도입하고 있으며, 일본의 '혐한류', 중국의 문화 왜곡, 서구 문화권의 시선 등을 문화 장벽의 사실논거로 활용하고 있다. 아울러 연대와 존중의 가치에 대해서는 누군가를 희화화하여 예능감을 찾는 일부 오락 프로그램과 연예계의 일부 선정성 관련 예 등을 논거로 사용하고 있다. 결국 필자는 그러한 논거들을 토대로 귀납추리 과정으로 추론을 이끌어 명제의 정당성 여부를 확고히 해 나가고 있는 것이다.

TIP

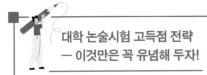

대학 논술시험 고득점 전략 — 이것만은 꼭 유념해 두자!

논술에서 무엇을 평가하는가
— 여러분의 논술 답안지에서 평가위원들은 다음 사항을 평가한다

① 출제자의 의도에 따른 정확한 독해력을 지녔는가?

② 논제를 분명하게 잘 파악하고 분석하는 능력을 지녔는가?

③ 비판적이고 창의적으로 문제를 설정하고 해결하는 능력을 지녔는가?

④ 논리적으로 서술하는 능력을 지녔는가?

⇒ 결국 위의 능력을 검증하기 위해 평가위원들은 내가 제출한 논술 답안지에서

제시문의 이해 및 논제 파악(논제 이탈 여부) + 주장의 일관성과 합리성 + 논거의 독창성과 적절성(타당성) + 창의적 사고력 발휘+ 논지 전개의 논리성 + 글쓰기의 기본 준수 등을 평가한다.

제시문을 비판적으로 읽기 위해 주목해야 할 중요 요소는 무엇인가

① 핵심어: 글 전체의 내용 혹은 주제와 밀접하게 연관된 가장 중요한 단어나 구절

② 쟁점과 논의의 핵심내용

③ 주장 또는 주제: 쟁점과 관련한 글쓴이의 생각을 압축적으로 나타낸 것

④ 근거 혹은 논거: 글쓴이가 자신의 주장을 뒷받침하기 위해

제시한 내용

⑤ 함축적 의도: 글쓴이의 의도가 숨겨져 있는 경우

어떻게 요약 정리할 것인가

① 세세한 부분보다 전체적인 의미를 중심으로 읽는다. 그리고 글쓴이가 궁극적으로 말하고자 하는 바를 찾아내야 한다. — 일단 주장을 먼저 찾고 그 다음에 근거를 찾는 것이 쉽다.

② 각 단락의 핵심 내용(소주제)을 파악한다. 주제와 근거만 남긴다. — 뼈대만 남기고 살점은 발라내라. 이 때 문제 제시문에 있는 문장 전체를 그대로 옮겨 쓰는 것은 감점의 대상이 된다.

③ 글쓴이의 주장과 근거를 파악한 다음, 핵심어(구)를 반드시 포함시켜 자신의 문장으로 다시 써야 한다. 이 때 몇 단락으로 정리할 것인가를 계획하고, 소주제문을 단락의 첫 문장에 배치하는 두괄식 구성을 따르는 것이 좋다.

④ 문제에서 요구하는 분량에 맞추어 글을 쓰되, 특별한 요구사항이 있는 경우 그것에도 유의하여야 한다.

⑤ 요약 후 요약문과 제시문을 비교 검토해 보면서 수정·보완한다.

비판을 어떻게 할 것인가

① 제시문에 대한 논리적인 분석 작업을 한다. 이는 곧 주장(결론)과 근거(전제)를 분명히 밝히는 작업이며, 논증의 구조를

분석하는 작업이다.

② 제시문의 비판을 위해 아래와 같은 항목들을 검토해 본다.

- 글쓴이의 주장이나 그 주장의 전제가 합리적으로 수용할 만한 것인가?
- 논증을 하는 과정에서 논리적 오류는 없는가?
- 사고의 폭과 깊이에서 너무 피상적이거나 어느 한 관점에만 사로잡혀 있지는 않은가?

논술 답안 작성 단계

1. 논제 파악

- 논제 분석 : 논제를 소 항목으로 나누어 분석한다.
- 제시문 분석 : 제시문을 구성하고 있는 각 단락의 소주제문을 중심으로 핵심내용과 논제와의 연관성을 파악한다.

2. 답안 구상

- 방향 구상: 주장의 선명성과 창의성을 담아서 논지를 설정하고, 적절성과 타당성을 갖춘 논거를 마련한다.
- 구체화: 개요를 짠다.

3. 답안 작성: (분량의 제한 등 모든 지시사항을 철저히 준수하여) 서론, 본론, 결론의 형식으로 작성한다.

4. 검토 및 고쳐 쓰기

※ 함정을 피하며 논술 답안을 작성하는 지침 ※

① 요약하는 문제에서 제시문 필자의 의견 이외의 자의적인 해

석이 들어가서는 안 된다. 자신의 언어로 바꾸더라도 필자의 의견과 같은 맥락인지 고민하고 또 고민하자. 배경지식이나 서론 같은 제시문 외적인 내용을 쓸 필요는 없다.

② '비교'하라는 문제에서는 제시문 내용을 요약하여 단순 나열하는 것은 피해야 한다. 제시문의 요약에 집중하기보다는 공통점과 차이점을 중심으로 창의적인 사고력을 발휘하여 승부해야 한다.

③ 논술에서 논리의 비약은 치명적이다. 자신이 왜 이런 생각을 했는지 그 과정을 가능한 한 구체적이고 투명하게 서술해야 한다.

④ '비판'하라는 문제에서는 감정적이고 극단적인 논조는 피해야 한다. 내용면에서는 공격적으로 비판하더라도 차분하고 이성적인 논조는 유지해 나가야 한다.

⑤ '주장'하는 문제에서는 자신의 주장을 서두에 위치시키고 근거를 제시하는 '두괄식'의 형태로 구성하는 것이 좋다.

⑥ 전체의 주장이나 내용과 동떨어진 모호한 결론이나 상식적인 수준의 결론은 삼가야 한다. 이는 글 전체의 인상을 흐릴 수 있다.

⑦ 배경지식을 장황하게 제시하는 것은 통합논술에서는 바람직하지 않다. 일단 제시문의 분석을 통해 제시문 안에서 설득력 있는 근거를 찾으려고 노력해야 한다.

3. 묘사 양식

묘사는 사물의 현상을 관찰하여 그 인상을 감각적으로 그리는 서술 양식이다. 곧 필자가 감각을 통해 인식한 것을 독자로 하여금 생생하게 느끼고 경험하게 하고자 하는 기술 양식이라고 할 수 있다. 묘사는 사물의 형태, 색채, 감각, 향기, 소리 등과 같은 대상에서부터, 마음으로 느껴지는 느낌이나 생각까지도 우리가 감각으로 파악할 수 있는 것이면 무엇이라도 될 수 있다.

그렇다고 묘사가 그 대상의 부분이나 세부에 대한 인상을 단순히 열거하는 것은 아니다. 전체와 부분, 부분과 부분의 조화·연관을 유지하면서 통일성 있는 그림을 언어로써 그리는 방식이다. 곧 그 대상을 일반화하거나 유형화하여 설명하지 않고, 그 대상을 생생하고 감각적인 모습으로 구체화하는 것이다. 그러므로 묘사 기술에 있어서는 어떤 대상에 대한 정보나 지식의 전달이 중요한 것이 아니라, 그 대상에서 받은 관찰자의 인상이 중요하다.

특히 관찰자에게 가장 강렬하게 다가오는 '지배적 인상'을 중심으로 묘사하게 된다. 이 지배적 인상은 외적 대상의 생김새 그 자체라기보다는 관찰자의 시점, 위치, 태도, 개성, 분위기 등에 의해 강한 영향을 받게 된다. 따라서 묘사 기술에는 치밀하고 정교하게 재현해내는 능력과 창조적 형상력이 무엇보다 중요시된다. 또한 사물이나 현상을 효과적으로 묘사하기 위해서는 대상에 대한 통일된 인상, 단일한 기본 태도, 세부의 유기적 연결과 조성, 심정의 묘사와 비유 등에도 유의해야 한다.

묘사는 그 동기와 목적에 따라 '암시적 묘사'와 '설명적 묘사'로 나뉜다. 암시적 묘사는 인상의 표현과 전달에 그 목적이 있고, 설명적 묘사는 정보의 전달을 위해 묘사를 끌어다 사용하는 데 그 목적이 있다.

암시적 묘사는 우리가 보통 묘사라고 하는 것으로, 직접적으로 감각기관을 통하여 인식하듯이 대상의 성질을 암시하려고 의도하는 것이다. 곧 상상력을 통하여 대상에 대한 경험을 제시하려고 하는 것이 암시적 묘사이다. 반면에 묘사하는 사물에 관한 정보전달을 하는 경우가 설명적 묘사이다. 이때의 묘사는 사실상 설명의 한 방법이라고 할 수 있다.

다음의 예문은 묘사 양식으로 이루어진 글이라고 할 수 있다.

> 허생원은 오늘밤도 또 그 이야기를 끄집어내려는 것이다. 조선달은 친구가 된 이래 귀에 못이 박히도록 들어왔다. 그렇다고 싫증을 낼 수도 없었으나, 허생원은 시치미를 떼고 되풀이할 대로는 되풀이하고야 말았다.
>
> "달밤에는 그런 이야기가 격에 맞거든."
>
> 조선달 편을 바라는 보았으나 물론 미안해서가 아니라 달빛에 감동하여서였다. 이지러는 졌으나 보름을 갓 지난 달은 부드러운 빛을 흐뭇이 흘리고 있다. 대화까지는 팔십 리의 밤길, 고개를 둘이나 넘고 개울을 하나 건너고 벌판과 산길을 걸어야 된다. 길은 지금 산허리에 걸려 있다. 밤중을 지난 무렵인지 죽은 듯이 고요한 속에서 짐승 같은 달의 숨소리가 손에 잡힐 듯이 들리며, 콩 포

기와 옥수수 잎새가 한층 달에 푸르게 젖었다. 산허리는 온통 메밀밭이어서 피기 시작한 꽃이 소금을 뿌린 듯이 흐뭇한 달빛에 숨이 막힐 지경이다. 붉은 대궁이 향기같이 애잔하고 나귀들의 걸음도 시원하다. 길이 좁은 까닭에, 세 사람은 나귀를 타고 외줄로 늘어섰다. 방울소리가 시원스럽게 딸랑딸랑 메밀밭께로 흘러간다. 앞장선 허생원의 이야기 소리는 꽁무니에 선 동이에게는 확적히는 안 들렸으나, 그는 그대로 개운한 제 멋에 적적하지는 않았다.

— 이효석, 「메밀꽃 필 무렵」에서

서정적인 아름다운 소설로 정평이 나 있는 이효석의 「메밀꽃 필 무렵」의 한 부분이다. 달밤에 하얗게 꽃이 피어 있는 메밀밭을 나귀를 타고 대화 장터까지 팔십 리의 밤길을 걸어가는 세 사람의 정경이 생생하게 묘사되어 있다. 독자가 느끼는 그러한 감각적인 경험은 이 소설의 서술자가 대상을 감각적 언어로 그려내고 있기 때문이다.

묘사는 이처럼 필자가 감각을 통해서 인식한 것을 독자로 하여금 생생하게 느끼고 경험하게 하고자 하는 기술 양식이다. 문학작품이 묘사 양식을 많이 활용하는 것은 바로 생생한 현장감과 리얼리티를 작품 속에 형상하여 독자가 경험할 수 있도록 하기 위한 전략 때문이라고 할 수 있다.

이러한 묘사의 기술 양식은 소설과 같은 서사 문학에서도 흔히 활용되지만, 특히 시에서 가장 많이 사용된다. 시는 서정 문학으로 '서정(抒情)'이라는 명칭 자체가 곧 '감정을 묘사한다.'라는 개념이다. 그만큼 시는 장르적 특성상 시적 화자의 감정과 생각을 감각적 언어로 그려낸 문학인 것이다.

시작품을 통해 묘사의 기술 양식이 시를 형상하는 데 어떻게 활용되고 있는가를 살펴보자.

꽃잎이여 그대
다투어 피어
비바람에 뒤설레며
가는 가냘픈 살갗이여.

그대 눈길의
머언 여로(旅路)에
하늘과 구름
혼자 그리워
붉어져 가노니

저문 산 길가에 져
뒤둥글지라도
마냥 붉게 타다 가는
환한 목숨이여.

— 신석초, 「꽃잎 절구(絶句)」 전문

이 시는 짧은 순간동안 묵묵히 아름답게 피었다 사라지는 꽃의 존재를 의인화하여 묘사해낸 작품이다.

1연은 개화의 모습을 동적(動的)인 이미지로, 2연은 꽃이 활짝 핀 상태를 정적(靜的)인 이미지로, 그리고 3연은 꽃으로서의 생을 다하고 떨어지는 낙화의 모습을 동(動)과 정(靜)을 통합한 이미지로 감각적으로 그려내고 있다.

또한 1연에서는 꽃을 이루고 있는 꽃잎을 '가냘픈 살갗'으로 비유한다. 이를 통해 주위의 '비바람'에도 흔들리는 나약한 모습으로 그려내면서도 '다투어' 피는 삶에 대한 강인한 생명력을 형상화하고 있다.

2연에서는 활짝 피어나는 꽃을 '하늘과 구름/ 혼자 그리워' 붉어져 간다고 감각적으로 묘사하고 있다. 이는 1연의 '비바람'과 대조되는 이미지로써 이상과 꿈에 대한 그리움 자체를 형상한다고 볼 수 있다. 즉 꽃은 주위의 작은 변화에도 흔들릴 만큼 나약한 존재이지만, 오직 제 스스로의 그리움으로 강렬한 생명력을 키워 묵묵히 개화한다는 의미인 것이다.

3연에서는 혼자만의 그리움과 스스로의 생명력으로 꽃을 피웠던 것처럼 생을 마감하는 마지막 순간까지도 '환한 목숨'으로 최선을 다하는 모습을 묘사하고 있다.

이 작품은 절제된 감정으로 대상의 묘사에 철저히 몰입함으로써 이미지 형상에 성공하고 있다. 그리고 '뒤설레며'와 '뒤둥글지라도'와 같은 시어의 대비적 배열이라든지 '~이여'의 각운(脚韻)

효과는 물론, '비바람, 하늘과 구름, 산' 등의 제재 선택과 붉은 색채의 이미지 조성 등은 이 시의 내용과 형식을 매우 유기적인 구조로 이루어내고 있다. 그만큼 대상에 대한 통일된 인상과 태도를 유지하면서 세부의 유기적 연결과 조성 등을 갖춤으로써 효과적으로 묘사해내고 있는 것이다.

4. 서사 양식

서사는 어떤 일이 일어났으며, 그것이 어떻게 해서 일어났는가를 독자에게 제시하는 기술 양식이다. 즉 시간의 경과 속에서 일어나는 사건의 계기를 서술하는 양식이다. 따라서 모든 서사는 의미 있는 행동의 시간적 과정을 서술하기 때문에 근본적으로 이야기의 형식을 취한다. 보통 허구의 이야기라고 할 수 있는 소설을 연상할 수 있으나, 희곡, 영화, 수기, 전기, 역사, 일화 등을 모두 포괄할 수 있다. 특히 기사(記事)는 기본적으로 서사의 기술 양식을 이용한다.

서사는 그 목적에 따라 크게 두 종류로 나누어진다. 소설, 민담, 설화, 희곡 등과 같이 사건을 서술하되 행동 그 자체에 목적을 둔 것은 '일반적 서사'이고, 역사, 전기, 기사와 같이 어떤 사실을 설명하고 알리는 데 목적을 둔 것은 '설명적 서사'이다.

그런데 모든 행동이나 사건에는 시작, 진행, 끝이 있기 마련이다. 서사는 곧 처음 일어난 일에서 시작하여 중간 과정을 거쳐 끝마무리로 옮겨가면서 사건의 변화를 기술해 나가면 된다. 그런데 경우에 따라서는 실제 사건의 발생 순서와는 다르게 이야기를 엮어나가는 일도 있다. 그러한 서사는 필자가 의도적으로 이야기의 순서를 바꾸어 어떤 의미를 얻고자 할 때 쓰인다. 이런 방법은 특히 소설이나 희곡, 영화 등에서 특별한 효과를 거두기 위해서 흔히 사용된다.

서사 양식의 기술에서 특히 유념해야 할 사항은 다루는 행동과 사건들을 어떤 '의미'를 드러내도록 엮어야 한다는 사실이다. 즉 서사에서 다룬 행동이나 사건은 우리에게 무엇인가 흥미 있고 가치 있는 것을 느끼거나 깨닫게 해 주어야 한다는 것이다.

다루는 행동이나 사건들이 우리의 흥미를 끌고 어떤 의미를 느끼도록 해 주기 위해서는 그것들이 서로 인과관계로 엮어져야 한다. 그 인과관계의 맺음은 필자의 개성과 창조적 구성력에 달려 있다. 따라서 필자는 행동이나 사건이 지닌 의미를 깊이 살피고, 그것을 효과적으로 드러낼 수 있도록 이야기를 엮어 나가려고 애써야 할 것이다.

다음 예문은 서사 양식으로 이루어진 글이라고 할 수 있다.

> 건넌방으로 건너가려고 툇마루로 나갔다가 나는 아버지와 엄마와 삼촌이 마당에 있는 걸 보았다. 내가 보는 앞에서 아름다운 달밤에 그 일이 일어났다. 아버지하고 엄마와 삼촌이 서로 다투고 있었다. 실은 다투고 있는 건 삼촌과 아버지고 엄마는 두 사람 주위에서 고사지낼 때처럼 두 손을 싹싹 부비며 제발제발 그만하라

고 말리다가 돌변해서 죽여버려, 저런 동기간은 없는 게 나아, 차라리 죽여버려, 내가 아는 엄마는 그런 모진 저주의 말을 할 사람이 아니었다. 그다음에 일어난 일 때문에 그들이 그런 말을 한 것으로 기억하고 있는지도 몰랐다. 그때 나는 겨우 열 살이었다. 아버지가 삽을 높이 쳐들었다. 계획적이었는지 위협용이었는지 그때까지 아버지는 삽을 땅에 꽂고 거기 의지해 서 있었다. 죽여버리라는 모진 말을 하던 엄마가 기겁을 하고 아버지의 허리에 매달렸다. 거구인 아버지의 힘찬 뿌리침에 엄마가 땅으로 나자빠진 것과 삽이 삼촌의 어깨를 후려친 것은 거의 동시였다. 그 순간 나는 두 손으로 얼굴을 가리고 비명을 삼켰다. 그러나 삼촌의 몸이 사선으로 번갯불 같은 균열을 일으키며 두 동강으로 갈라지는 걸 여실히 본 것처럼 느꼈다. 안방으로 돌아온 나는 밤새도록 이불을 뒤집어쓰고 귀를 막고도 아버지가 동생을 쳐 죽인 그 삽으로 땅을 파는 소리를 들었다. 새벽에 잠깐 눈을 붙인 악몽 속에서도 그 광경은 여실하게 재현돼 먼 훗날까지도 어디까지가 꿈이고 어디까지가 현실인지 구별이 잘 안 됐다.

— 박완서, 「빨갱이바이러스」,

(『2010 현대문학상 수상소설집』, 현대문학, 2009)에서

인민군 세상이 되었다가 국군 세상이 되었다가를 반복하는 격전지가 된 마을에 인민군으로 나가 있는 삼촌이 등장한다. 삼촌댁도 미리 약속이 돼 있었는지 원산의 친정으로 돌아가 있었다. 좋아했던 삼촌은 끝내 돌아오지 않았는데, 어느 날 오줌을 참을 수가 없어 뒷간에 가려고 일어났다가 놀라운 현장을 목격한다.

서사는 시간의 경과 속에서 일어나는 사건의 계기를 서술하는 양식이다. 따라서 일어난 일에서 시작하여 중간 과정을 거쳐 끝마무리로 옮겨가면서 사건의 변화를 기술해 나가면 된다. 위의 서사는 전쟁의 참상을 떠올리게 하는 의미 있는 행동의 시간적 과정을 서술하고 있다. 즉 아름다운 달밤에 벌어진 아버지와 어머니와 삼촌의 다툼 장면은 그 자체로 전쟁의 참상을 떠올리게 하는 현장으로 충분하다. 형제(아버지와 삼촌)가 다투고 있고 어머니는 "두 사람 주위에서 고사지낼 때처럼 두 손을 싹싹 부비며" 말리고 있는 장면과, 마침내 "죽여버려, 저런 동기간은 없는 게 나아, 차라리 죽여버려"라고 외치는 어머니의 낯선 모습에서 우리는 전쟁의 참상과 상흔을 절감하게 된다. 그만큼 다루는 행동과 사건들이 어떤 '의미'를 드러내도록 엮어져 있어 박완서의 많은 소설들처럼 전쟁의 참상과 상흔의 모티프가 잘 드러난 작품이다.

지금까지 네 가지의 기술 양식을 살펴보았다. 그러나 이 네 가지 기술 양식이 실제 글에서 아주 순수한 모습으로 나타나는 경우는 별로 없다. 가령 소설이 서사나 묘사를 주로 하되 때로는 설명이나 논증 양식의 서술도 활용하는 경우를 얼마든지 확인해 볼 수 있다. 어떤 사회적 사건을 다룬 잡지 기사는 기본적으로 설명 양식이겠지만, 궁극적으로는 어떤 정책의 필요성을 설득시키고자 하는 목적을 가진 논증 양식이 될 수도 있다. 사실상 설명과 논증은 혼합되어 사용되는 경우가 많다. 그러나 실제의 글에 있어서 언제나 위의 네 가지 양식 중 어느 하나가 주된 양식이 되고, 다른 양식이 덧붙여 나타난다 해도 그것은 어디까지나 주 양식을 보조하는 것이어야 한다.

뒷받침 제재는 적절히 준비되는가

주제가 명확하게 설정되어 필자의 구체적인 관점이나 태도가 드러난 주제문까지 정리되었다 하더라도, 곧바로 글을 써 나간다는 것은 거의 불가능하다. 자신의 지식이나 기억만으로 글을 쓴다는 것은 그렇게 쉽지 않기 때문이다. 게다가 문헌조사가 필요한 경우도 있을 것이며, 실물조사, 현장조사, 실험 등이 필요한 경우도 있을 것이다.

일단 주제가 정해지고 글의 양식까지 결정되었으면, 다음으로는 그 주제를 살려 구체적으로 전개시켜 나가는 데 필요한 제재(題材)를 구해야만 한다. 글쓰기 전에 주제를 명확하고 효율적으로 독자에게 전달해 줄 수 있는 제재를 모으는 일을 취재(取材)라고도 한다. 취재는 많이 할수록 좋겠지만, 많은 시간을 취재에만 할애할 수는 없는 일이다. 따라서 가장 효율적으로 취재하는 요령이 필요하다.

효과적인 취재를 위해 다음과 같은 요건을 갖춘 재료들을 선별적으로 모아야 한다.

첫째, **풍부하고 다양해야 한다.**

제재가 풍부하고 다양할수록 글도 다채로워지고, 주제는 더욱 선명하게 부각될 수 있다. 그러나 풍부한 자료는 자칫 글의 통일성을 해치기 쉽다. 제재가 아무리 풍부하고 다양할지라도 어떤 일정한 질서나 논리가 배제된다면 글의 통일성을 해치거나 주제가 산만해지기 쉽다.

둘째, **확실해야 한다.**

취재된 자료들은 출처가 명백하고 모호함이 없어야 하며, 합리적이며 보편타당하게 받아들여질 수 있는 것이어야 한다. 또한 자료의 해석과 취사선택에 있어서도 자신의 주관이 지나치게 작용하지 않도록 주의해야 한다.

셋째, **주제를 뒷받침할 수 있는 것이어야 한다.**

자료가 아무리 풍부하고 다양하며 가치가 있을지라도 그것들이 주제와 관련되지 않을 때는 아쉽더라도 과감하게 빼 버려야 한다.

넷째, **독자와 필자 모두에게 관심거리인 것이어야 한다.**

필자는 물론 독자에게도 충분히 관심거리가 될 만한 흥미로운 제재를 취해야 한다. 이것은 주제를 효과적으로 전개해 나가는 데 매우 중요한 요소이다.

이상 네 가지 요건을 갖춘 제재가 모아졌다면 그 다음으로는 기술해 나갈 때 가장 효율적으로 사용할 수 있도록 그것들을 정리해 놓아야 한다.

보통 제재의 정리는 첫째, 내용 면에서 동일한 사항(동일한 논점)에 관한 것과 그렇지 않은 것을 구분하고, 둘째, 중요성이라는 면에서 주요사항(주요논점)에 관한 것과 종속사항(종속논점)에 관한 것으로 분류한다.

어떤 구상에 맞추어 쓸 것인가

주제가 정해지고, 내 글을 읽게 될 가상의 독자와 글을 쓰는 의도와 목적이 정리되고, 가장 적절한 기술 양식과 뒷받침 제재를 위한 취재 및 그 정리까지 마무리되고 나면, 다음으로 해야 할 일은 구상이다.

구상은 글을 써 나가기 전에 글 전체의 구조를 생각하여 어떤 내용을 어떤 순서로 배열할 것인지 미리 가늠해 보는 일종의 설계도이다. 이것은 곧 글에 통일적인 맥락을 부여하여 보다 더 수월하고 짜임새 있게 써 나갈 수 있도록 하기 위한 일이기 때문에 다음 세 가지 기준에 유의하여 작성하여야 한다.

첫째, 글 전체가 산만하지 않게, 쓰고자 하는 주제에 의해 통일되도록 하여야 한다.

둘째, 글의 앞뒤가 중간에 달라지지 않도록 부분과 부분이 논리적으로 일관되게 하여야 한다.

셋째, 주제나 강조하는 핵심이 적절히 갖추어져 있어야 한다.

한마디로 구상은 좋은 글이 갖추어야 할 삼대 요소인 통일성, 일관성, 강조성을 항상 유념하여 이루어져야 한다.

1. 구상의 종류

구상은 글을 쓰는 의도와 목적, 또는 필자의 편의성에 따라 다양한 방식을 취할 수 있는데, 크게 전개적 구상과 종합적 구상으로 나뉜다.

전개적 구상은 시간적 순서나 공간적 질서에 따라 제재를 배열하여 그것으로 글의 구조를 삼는 방법이다. 그리고 종합적 구상은 필자의 주체적 의지에 따라 우선 제재를 검토한 후 논리적 관계를 바탕으로 글의 구조를 결정한다. 따라서 전개적 구상을 자연적 구상, 종합적 구상을 논리적 구상이라고도 한다.

전개적 구상은 시간의 순서나 공간의 질서에 따르는 방식뿐이지만, 종합적 구상에는 그 방법에 따라 3단·4단·5단법의 단계식 구상, 열거식 구상, 점층식 구상, 두괄·미괄·양괄형의 포괄식 구상 등이 있다.

(1) 시간적 순서에 따른 구상

종합적 구상은 서론에서 결론으로, 원인에서 결과로 진행되는 방식인 데 반해, 시간적 순서에 따른 구상은 여러 개의 사건이나 사실들을 시간의 축을 이용하여 배열하는 방식이다.

이 구상법은 일의 발생이나 진행 등의 시간적 경과를 따라서 글의 줄거리를 엮는 방식으로 장기간의 직접 체험이나 기억을 재생하는 데 좋은 방법이다. 역사나 행동의 기록 같은 전기류(傳記類)나 서사문(敍事文)에 적합하며, '~의 사용 방법'이나 '~의 제작법' 등의 설명문에도 사용될 수 있다.

(2) 공간적 질서에 따른 구상

공간적 질서에 따른 구상 방법은 지형, 생물의 형태, 기계의 구조 등에 관한 설명이나 일반적으로 공간 속에 존재하는 사물을 묘사할 때 쓰일 수 있는 구상법이다. 이외에 기관이나 단체의 기구나 조직 등을 설명하거나 기술하는 경우에도 효과적이다. 실제에 있어서는 먼저 전체의 윤곽을 드러내 보이고 점차로 각 부분이 그 전체와 어떻게 관련되는가를 밝혀 나가는 것이 좋다.

일정 기간 어느 곳을 여행하여 기행문을 쓴다고 할 경우에는 시간적 순서에 따른 구상과 공간적 질서에 따른 구상이 서로 어우러져서 상호보완적인 구상으로 이루어지는 경우가 일반적이다.

(3) 삼단 구상

단계식 구상에서 예부터 널리 쓰이던 것으로서 가장 기본이 되는 일반적인 구상법이 삼단 구상이다. 이 구상은 '서론—본론—결론'이거나 '도입—전개—정리' 등 삼분된 명칭으로 불려 왔다.

이 방법은 주제에 의해서 문장 전체를 긴밀하게 통제할 수 있는 이점이 있다. 비교적 단조롭다고 할 수 있으나 주제를 빠르고 간결하게 전달하는 방법으로는 가장 손쉽고 기본적인 형태이다.

삼단 구상의 논리적 전개 양상은 일반적으로 다음과 같은 특질을 지닌다.

첫째, **도입부(서론)는 화제나 주제를 다루게 된 동기나 배경, 화제의 범위나 성격, 화제를 바라보는 관점, 화제를 다루는 이론이나 방법 등을 제시한다.**

둘째, **전개부(본론)는 주제의 문젯거리를 몇 갈래로 나누어 부문별로 다루고, 이에 필요한 풀이, 분석, 예시, 입증 등의 방법으로 전개해 간다.**

셋째, **정리부(결론)는 전개부에서 다룬 문제를 정리하거나 요약한다.**

도입부에서 주제문은 전개부로의 전이(轉移)를 편리하게 해 주기 위해 도입부 단락의 말미에 오는 것이 좋다. 전개부에서는 시작하는 앞부분이나 전개부가 끝나는 마지막 부분에서 주제문을 다시 강조하며, 정리부에서는 그 시작하는 부분에 주제문을 재확인시키는 것이 보다 효과적이다.

(4) 사단 구상

사단 구상은 원래 한시(漢詩)의 절구(絶句)나 율시(律詩)의 작법에서 유래한 방법으로 '기(起)—승(承)—전(轉)—결(結)'의 전개를 보이는 구상법이다. 삼단 구상과 같이 단조롭게 일관성만을 좇는 것이 아니라 변화도 추구하여 그만큼 다양성의 효과가 큰 방법이다.

'기'는 도입, '승'은 계승에 해당한다면, '전'은 논리나 화제에 변화를 주어 다른 곳으로 전환시키는 부분이다. 실제로 '전'은 글 속에서 대체로 '그러나', '그렇지만' 등과 같은 역접의 형태로 시작하는 것이 보통이다.

사단 구상은 삼단 구상과 대비하여 이해할 수도 있다. 즉 '기·승'은 '도입', '전'은 '전개', '결'은 '정리'로 이해하거나, '기'는 '도입', '승·전'은 '전개', '결'은 '정리'로 이해할 수 있다. 두 번째의 경우에 '전'은 화제에 분규를 일으켜 문젯거리를 다양화했다고 볼 수 있다.

(5) 오단 구상

오단 구상은 동기부여 구상이라고도 한다. 이것은 사고의 기틀을 잡아서 그 사고를 발전시켜 나가다가 마침내 필자가 바라는 행동에까지 나아가도록 동기를 부여하는 순서에 의거한 구상법이다. 자주 이용되는 구상법은 아니나 광고, 보고, 설득, 논설 등의 글에 쓰일 수 있다.

제 1단은 화제에 주의를 모으는 단계이고, 제 2단은 흥미를 느낀 독자가 제시된 문제에 이끌리는 단계이다. 이어 제 3단은 문제에 대한 해결법을 제시하는 단계이며, 제 4단은 그러한 해결법을 구체화하고 그 유효성을 실증하는 단계이다. 끝으로 제 5단은 독자의 결심을 촉구하여 행동으로 유도하는 단계이다. 이를 삼단 구상과 비교하면 1·2단은 서론, 3·4단은 본론, 5단은 결론에 해당한다고 볼 수 있다.

(6) 열거식 구상

열거식 구상은 어떤 의견을 간결하게 진술할 때 사용하는 방법으로, 특별히 중요하다고 생각되는 문제를 몇 가지 강조하여 밝힐 때 주로 쓰인다. 단계식 구상과는 달리 문제와 문제 사이의 관련이 특별히 긴밀할 필요도 없고, 논리적인 연관성이 꼭 필요한 것도 아닐 경우에 주로 사용한다. 따라서 이 구상은 글 전체보다는 부분에서 사용되는 경우가 일반적이다.

(7) 점층식 구상

중요성이 덜한 것에서부터 더한 것으로 점차 나아가는 구성 방법인데, 가장 강조되거나 중시되는 부분이 글의 말미에 오게 된다. 이러한 구성을 거꾸로 하게 되면 이른바 점강식 구상이 될 것이다. 이 구상법도 글 전체에서 일관되게 사용되기는 어렵다.

(8) 포괄식 구상

글의 결론에 해당하는 부분, 또는 단락의 소주제문이 글의 첫머리에 오느냐, 글의 끝부분에 오느냐, 또는 앞뒤에 다 오느냐에 따라 두괄(頭括), 미괄(尾括), 양괄(兩括)로 나눈다. 의도한 글의 주제를 전달하는 데 가장 효과적인 위치가 어디인가를 심사숙고하여 선택하여야 할 것이다.

2. 아우트라인 작성

머릿속에서 구상이 일단 이루어지면, 그것을 겉으로 도식화해서 기술해야 한다. 이것을 아우트라인 작성, 또는 개요 작성이라고 한다. 한마디로 글의 설계도라고 할 수 있다. **실제로 글을 써 나가기 전에 어떤 내용을 어떤 순서로 배열하고, 글의 구성을 어떻게 엮을 것인지를 미리 정리해 놓으면 글을 더 수월하고 짜임새 있게 써 나갈 수 있다. 글쓰기 전의 모든 전략과 의도가 담긴 아우트라인 작성은 곧 좋은 글을 쓰기 위한 가장 기본적인 틀 짜기이다.**

아우트라인을 작성할 때에는 계층적인 구조를 따르는 것이 좋다. 즉 상위 논점과 하위 논점의 주종관계를 살펴야 하고, 같은 크기의 논점들 상호간의 대등관계 등에 유의해야 한다.

아우트라인 작성을 위해서는 다음과 같은 일정한 절차를 밟아 나가는 것이 좋다.

첫째, 주제와 그에 종속하는 논점을 찾는다.

둘째, 각 논점에 포함되어 있는 세부항목을 찾는다.

셋째, 주제, 논점, 세부항목의 목록을 작성하여 아우트라인을 완성시킨다.

그리고 **글의 제목은 글의 첫인상인 만큼 세심한 배려를 해야 한다. 독자가 관심을 갖고 읽고 싶어 할 끌리는 제목을 짓는 것이 중요하다. 마치 기사의 헤드라인을 작성하듯이 키워드를 살려 핵심과 장점을 부각시켜야 한다.** 글의 본문 속에서 기억했으면 하는 문구를 채집하는 방법도 있다. 제목을 지을 때는 가능하면 일상적 통념이나 일반적 관점과는 다른 전환이 필요하다. 그래야 독자의 궁금증이 커진다. 아우트라인 작성하면서 제목을 미리 정하는 것도 필요하지만, 글을 완성한 후에 교정 단계에서 얼마든지 수정·보완할 수 있다.

아우트라인 작성 절차

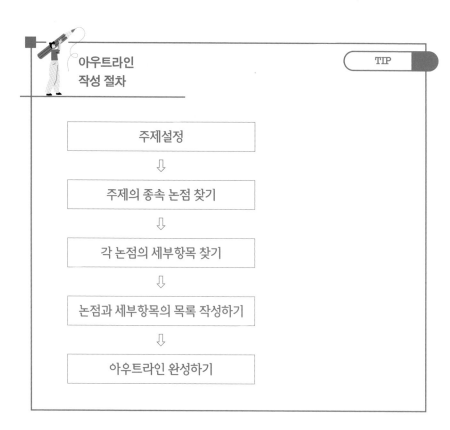

TIP

주제설정

⇩

주제의 종속 논점 찾기

⇩

각 논점의 세부항목 찾기

⇩

논점과 세부항목의 목록 작성하기

⇩

아우트라인 완성하기

아우트라인을 작성할 때 형식상으로는 다음과 같은 요건을 갖추어야 한다.

첫째, 항목의 번호는 일관성 있게 달아야 한다.

둘째, 자매 항목이 없는 항목은 설정하지 말아야 한다.

셋째, 동일한 항목의 제목으로 어구나 문장을 섞어 쓰지 말아야 한다.

넷째, 상위 항목과 하위 항목의 제목이 같아서는 안 된다.

다섯째, 서론(도입), 본론(전개), 결론(정리)과 같은 막연한 제목보다는 내용을 구체적으로 표현하는 제목을 다는 것이 좋다.

이처럼 아우트라인을 작성함에 있어서는 각각의 항목이 중심점을 지니고 있는지를 살피면서 항목 상호간의 논리적 연관관계에도 유의하여야 한다.

아우트라인 작성은 글쓰기 전의 계획 단계에서 가장 중요한 일이다. 글쓰기 전의 모든 전략은 이 아우트라인에 집결된다고 해도 과언이 아니다. 아우트라인은 글을 쓰는 도중에 일어날지도 모르는 혼란과 탈선, 불필요한 중복과 되풀이, 내용의 망각, 균형의 파괴 등을 예방할 뿐만 아니라, 실제로 글을 쓰는 과정에서 지금 어디쯤 쓰고 있는 중인가를 항상 지시해 준다.

그러나 완벽한 아우트라인 작성은 사실상 기대하기 어렵다. 따라서 이미 최선을 다해 작성된 아우트라인에 따라 글쓰기를 진행하되, 반드시 그에 따라야 한다는 강박감을 가질 필요는 없다. 글을 쓰는 도중에라도 정말 필요하다고 생각되는 새로운 아이디어가 떠오르거나 글 전체의 균형을 고려하여 더욱 중요하다고 생각되는 것이 있다면 얼마든지 고치거나 수정 보완할 수도 있다.

아우트라인은 그것을 이루고 있는 항목의 성질에 따라 세 가지 종류로 나눌 수 있다. 어구형(語句形) 아우트라인은 단어나 구로 표현한 것이고, 문장형 아우트라인은 문장으로 표현한 것이다. 혼합형 아우트라인은 이 두 가지를 혼합한 형태인데 각 항목의 주 제목은 어구로, 부제는 문장 형식으로 표현한 것이다. 그렇다고 이 중의 하나를 반드시 따를 필요는 없다. 아우트라인을 작성하는 목적에 가장 잘 부합하는 형식이 있다면, 얼마든지 새로운 형태가 가능할 것이다.

다음은 필자가 체험한 내용을 시간적 순서에 따른 전개적 구상에 맞추어 수필로 쓰기 위한 아우트라인이다.

화제: 잊을 수 없는 감동의 순간

제목: 아름다운 김치

개요 :

Ep. 1; 옛 제자와의 첫 번째 통화

(1) 통화 순간(①)

(2) 제자에 대한 회상(②)

(3) 통화 내용(③)

Ep. 2; 제자 근무처(목회 장소)로 학과 답사 체험

(1) 첫째 날의 만남(④)

(2) 둘째 날의 만남(⑤)

Ep. 3; 김치 에피소드(⑥)

주어진 화제('잊을 수 없는 감동의 순간')를 염두에 두고 삶 속에서 겪은 경험들을 목록으로 몇 가지 정리했다. 그 중에서 학생들과 답사 여정에서 만난 옛 제자와의 체험을 주제로 택하게 되었다. 그 내용을 아우트라인으로 정리하여 필자가 최종적으로 완성한 글은 다음과 같다.(위 아우트라인의 세부 항목 끝에 넣은 번호는 글쓰기가 완성된 후 얻어진 단락의 일련번호이다.)

아름다운 김치

"선생님, 저 ㅎ고등학교 2학년 5반 서완입니다." 연구실에서 갑자기 받게 된 한 통의 전화 음성은 낯선 중년의 목소리였지만, 그 내용은 영락없는 고등학생이었다. 가끔 제자들의 전화를 받을 때면, 그것도 졸업한 지 오래되어 한참 동안 연락도 없었던 제자들의 전화를 받을 때면 상대가 잘 기억되지 않아 약간은 당혹스럽기까지 하다.

그러나 위의 전화 상대는 필자가 80년대 초반에 2년 동안

ㅎ고등학교 국어교사로 근무한 시절에 겪었던 일이라, '서완'이라는 이름을 어렵지 않게 떠올릴 수 있었다. 그는 당시 매우 어려운 가정환경에서 생활하고 있었고, 공부도 우수하게 잘 하는 학생은 아니었다. 걷는 것이 약간 불편한 장애를 지니고 있었지만 누구보다도 착하고 순수한 영혼을 지닌 학생이었던 것으로 기억된다. 담임이었던 나는 그 학생에게 좀 더 관심을 갖고 용기와 희망을 잃지 않도록 격려하곤 했던 것 같다.

"선생님, 신학대학 졸업하여 목사안수 받고 처가 동네가 있는 해남에 개척하여 목회활동을 시작했습니다. 고등학교 시절에 선생님께서 베풀어 주신 사랑을 잊은 적이 없습니다. 선생님 감사합니다. 꼭 한 번 뵙고 싶습니다." 그 때 제자와의 통화 이후 잠시 동안 2학년 5반 담임 교사 시절을 떠올려 보았지만, 그들이 지금은 50이 넘어가는 중년이 되었겠다는 생각이외에 회상되는 것은 별로 없었다.

그 후로도 목사가 되어 있는 그 제자와 가끔 안부 통화 정도는 하고 지냈지만, 직접 만나 보지는 못했다. 그러던 차에 2015년 9월에 필자가 근무하고 있는 학과 학생들을 인솔하여 학술답사를 전남 강진 해남 일원으로 가게 되어, 그 제자에게 연락을 하였더니 "선생님, 이번에는 꼭 뵙겠습니다."라고 답신이 왔다. 첫째 날 답사 일정을 마치고 저녁 7시쯤 숙소에 도착했더니 한 중년의 아저씨가 "선생님, 서완입니다."하며 큰절을 하더니 어린아이처럼 뜨겁게 내 손을 잡았다. 중년의 대머리가 되어 내 앞에 불쑥 나타난 제자에 대한 반가움에 눈시울이 적셔졌다.

다음 날 일정에서 조금 여유로운 낮 시간에 그 제자는 나를 데

리러 답사 장소에 다시 왔다. "선생님 제가 개척하여 목회 활동하고 있는 교회와 저희 식구들을 소개해 드리고 싶습니다."라고 하면서 나를 태우고 20여 분 달려 간 곳은 너무나 한적한 농촌의 작은 교회였다. 곁에 딸려 있는 작은 사택에서 나를 반기며 기다리고 있는 사람은 사모와 두 분의 어른(장인, 장모)이었다. 주변의 농지를 개간하여 농산물도 꽤 많이 수확하여 판매하면서 생활하고 있다고 했다. 참으로 아름다운 장면이었다.

시간 가는 줄을 모르고 함께 옛 얘기에 빠져있는데, 대표학생으로부터 휴대전화가 왔다. 지금 학생들 땅끝마을로 이동하는 중이니 선생님은 그곳으로 오시라는 전갈이었다. 그리고 저녁은 돼지고기 구워 먹을 계획이며 지금 마트에 장보러 가는 중이니 선생님 필요하신 것 있으면 말씀해 주시라는 내용이었다. 나는 김치 없이 돼지고기 먹던 안타까운 몇 년 전의 답사가 생각나서 '김치 넉넉하게 사도록 해라.'하고 주문을 했다. 그 순간 사모가 "교수님, 김치는 사지 마세요."라고 완강하게 말하여 다시 대표학생에게 김치는 사지 말라고 했다. "잘 됐습니다. 김장김치가 아직 많이 남아 있습니다." "학생들이 90명이 넘는걸요." 비가 추적추적 내리던 그날 저녁 100여 명이 먹고도 남을 만큼의 김치를 우리 학생들과 맛있게 나누어 먹었다. 세상에서 가장 맛있는 김치였고, 아름다운 김치였다.

— (동양일보, 2017. 01. 01)

다음은 '문학의 위기'라는 화제로 삼단 구상에 따른 논증 양식의 글을 쓰기 위해 필자가 직접 작성한 아우트라인이다.

제목: 오늘날 문학은 과연 위기인가

주제문: 문학은 위기가 아니라 영상과 멀티미디어의 범람 속에서 침체되어 있다

개요:

Ⅰ. (서론) — 문학의 위기 진단

1. 후기 산업사회와 문학의 위치(①)
2. 현대인들의 여가생활(②)

Ⅱ. (본론) — 영상매체나 기록물의 감동과 문학작품의 감동 대조

1. 실감의 감동을 추구하는 현대인들([③ – ④)] → ⑥)
2. 사회·역사적 기록물이나 영상자료와 그것을 제재로 한 문학작품(⑥ → ⑦)
3. 문학이 소외당하는 또 다른 요인 — 작가와 독자의 문제(⑧)

Ⅲ. (결론) — 오늘날 문학은 위기가 아니라 영상과 멀티미디어의 범람 속에서 잠시 침체되어 있을 뿐이다.(⑨)

위의 아우트라인을 글쓰기의 출발점으로 삼아, 필자가 최종적으로 완성한 글은 다음과 같다.(위 아우트라인의 세부 항목 끝에 넣은 번호는 글쓰기가 완성된 후 얻어진 단락의 일련번호이다.)

오늘날 문학은 과연 위기인가

오늘날 문학에 대해 논한다는 것은 이미 그 자체가 한담이거나 여가선용 정도로 취급되고 있다. 후기 산업사회에 접어들면서

이제 문학은 그 정체성을 상실한 것은 물론, 문학 본래의 감동마저 실종되었다. 서점에는 시대의 이슈를 재빠르고 당돌하게 반응한 베스트셀러나 성적 묘사의 노골성과 기이성에 대한 호기심을 자극하는 책들이 판매대를 차지하고 있다.

현대인들의 여가는 대부분 TV나 비디오를 보거나 현란한 멀티미디어의 기계놀이에 바쳐지고 있으며, 휴대폰 속의 출처도 알 수 없는 정보와 게임에 함몰되고 있다. 이제 한 줄의 시구(詩句)에 가슴 저미고, 한 편의 소설에 분노하며 눈물짓는 것은 이 시대에 맞지 않는 겸연쩍은 일이 되었는지도 모른다. 편안히 앉거나 누워서 간단한 손장난만 하면 그 엄청난 영상과 소리가 나를 재미있게 만들어주기 때문이다.

그런데도 참으로 이상한 일이 있다. 프로축구가 있는 운동장에는 관중이 모여든다. 관심이 있으면 그냥 텔레비전 중계를 보면 될 텐데. 피서철이면 그 힘겨운 교통난을 기어이 뚫고 피서지나 유원지에 발 디딜 틈도 없이 인산인해를 이룬다. 그냥 유명 바다나 산의 풍경을 비디오에 담아 안방에서 편안히 보면서 피서하면 될 텐데. 게다가 인간은 왜 여전히 반복되는 자연의 섭리와 운행을 경이로워하고, 사랑의 정서나 죽음의 공포에 함몰되는가.

경기장에 직접 가서 축구경기를 본 사람은 알 것이다. 동해의 그 출렁이는 푸른 바다와 계곡의 시원한 물에 발을 담가본 사람은 느낄 것이다. 자연의 신비로운 호흡과 질서에 몰입해본 사람은, 사랑과 죽음의 불가사의에 고뇌해본 사람은 분명하게 체감할 것이다. 영상과 기록을 통해 보고 아는 것과 실제로 체감해보는 것이 얼마나 다른가를. 문학은 바로 이 같은 실감의 감동을 본질로 한다.

문학의 감동은 영상매체처럼 단순히 보고 이해하는 데서 수동

글쓰기 계획 단계인 어떻게 쓸 것인가에 대한 다양한 구도가 잡혀 아우트라인까지 정리되고 나면, 이제 직접적인 글쓰기 작업에 들어가게 된다. 앞에서도 강조했듯이 실질적인 글쓰기의 시작은 글쓰기 전 계획 단계의 최종적인 결정체라고 할 수 있는 아우트라인을 준비하는 일로부터 이루어진다. 아우트라인이 쓰려고 하는 글의 설계도인 만큼, 이제 그 설계도에 따라 직접 글을 지어 나가면 되는 것이다.

그렇다면 글쓰기 중에는 아무런 전략도 필요 없는 것인가? 아우트라인에 따라 그저 살을 붙여 나가기만 하면 되는 것인가? 결코 그렇지 않다. **글쓰기를 효과적으로 실행하기 위해서는 글쓰기 중의 전략도 반드시 필요하다.**

우선 무엇보다도 아우트라인에 따라 쓰고 있는가를 수시로 확인하고 점검하면서 본격적인 기술이 진행되어야 한다. 그리고 정확하고 효과적인 문장으로 쓰고 있는가와 주제를 전략적으로 강조하고 있는가를 항상 유념하면서 기술해 나가야 한다.

또한 한 편의 글을 구성하는 '단위 글'이라고 할 수 있는 단락을 세심하게 점검하면서 진행해야 한다. 단락이 그 기능과 역할에 맞추어 적절하게 나누어지고 있는지, 각 단락의 소주제문은 해당 단락의 핵심 관념을 담고 길잡이 역할을 잘 해내고 있으며 여타의 문장들은 그 소주제문을 효과적으로 뒷받침하고 있는지, 그리고 단락 간의 연계가 유기적으로 이어져 글 전체의 통일성을 세워가고 있는지 등을 수시로 확인해 보아야 할 것이다. 글의 생명이라고 할 수 있는 통일성, 긴밀성, 강조성은 곧 단락의 치밀한 펼침을 통해 완성된다고 해도 과언이 아니다.

아우트라인에 따라 쓰고 있는가

앞서 살펴보았듯이 글쓰기 전의 계획 단계에서 가장 중요한 것이 최종적인 아우트라인을 작성하는 일이다. 그만큼 아우트라인은 글을 어떻게 쓸 것인가에 대한 필자의 의도와 목적은 물론, 쓰고자 하는 글의 내용과 진행 순서, 그리고 글의 구성까지 정리된 설계도라고 할 수 있다. 아우트라인 작성에 세심한 배려를 다하고 전략을 짜는 것은 한마디로 의도한 바에 따른 가장 좋은 글을 쓰기 위한 것이다.

이제 본격적인 글쓰기 작업, 즉 기술의 출발은 정리된 아우트

라인을 다시 검토하면서 시작된다. 다시 말해서 기술은 글쓰기의 지휘자 역할을 한다고 볼 수 있는 완성된 아우트라인을 곁에 마련해 두는 데서부터 시작한다. 아우트라인은 각각의 세부 항목들이 어떻게, 그리고 어떤 순서로 기술되어야 하는지를 지시해 주며, 글의 생명이라고 할 수 있는 통일성, 긴밀성, 강조성을 시종 잃지 않도록 통제해 주는 역할을 하게 될 것이다.

글 전체의 통일성을 유지하기 위해서는 무엇보다도 주제가 명확하고 적절해야 하며, 글의 모든 재료들이 그 주제를 선명하게 드러낼 수 있도록 선택되어야 한다. 또한 글 전체 주제는 추상적인 개념일 경우가 많으므로 그것을 소 항목으로 알맞게 나누어 단락의 소주제문으로 적절히 전개해 나가야 통일성을 유지하는 데 훨씬 수월해진다. 다시 말해서 주제를 적절한 하위 개념으로 체계적으로 나누어 그것을 각 단락에서 통일성 있게 펼치면 글 전체의 통일성도 이루어지게 되는 것이다.

그리고 글 전체의 긴밀성은 글의 전체 주제를 효과적으로 떠받들 수 있도록 각 부분이 순리적으로 이어져야 함을 뜻한다. 곧 주제를 떠받들기 위한 모든 재료들을 적재적소에 배열하고 가장 적절한 연결 방식을 적용하여 기술해 나가는 것이다. 그 순서와 배열은 이미 아우트라인 작성에서 충분히 고려되어 있을 것이다. 따라서 글 쓰는 중에 긴밀성과 관련하여 특히 유념해야 할 것은 주제의 하위 개념을 다루는 단락과 단락 사이의 연결성 문제에 세심한 주의를 기울이는 일이다.

이어 강조성과 관련된 문제는 뒤이어 설명하는 '주제는 전략적으로 강조하고 있는가.' 항목에서 좀 더 깊이 있게 다루고자 한다.

지금까지 살펴본 것처럼, 실제로 글을 쓰는 과정에서 항상 아우트라인을 주목하면서 '내가 지금 어디쯤 기술하고 있는 중인가.'를 수시로 확인하고 점검해야 한다. 아울러 '지금 쓰고 있는 항목이 전체의 비중이나 다른 항목들에 비해 혹시 너무 길어지거나 짧은 것은 아닌가.'라든지, '애초에 의도한 것과 조금이라도 다른 방향으로 가고 있지는 않은가.' 등을 반복적으로 질문하고 점검하면서 글쓰기를 진행해 나가야 할 것이다.

아우트라인을 작성하면서 필자는 각 세부항목에 어떤 내용을 어떤 순서로 기술할 것인지 이미 충분히 계획이 섰을 것이다. 그러나 막상 기술해 나가는 도중에 여전히 어떤 어려움에 부딪히게 되는 경우가 많을 것이다. 다음은 그러한 난관을 극복하는 데 도움을 받을 수 있는 전략들이다.

첫째, 도입부나 서론을 기술하는 데 어려움이 있을 경우, 다음과 같은 전략이 도움이 된다.

① 쓰려고 하는 화제가 왜 중요한가를 설명하라

독자가 왜 시간을 들여 이 글을 읽어야만 하는가를 설명하라.

② 배경이 되는 정보를 제공하라

독자가 이 화제의 가치를 받아들이고 이해하기 위해서 무엇을 알아야만 하는가. 또는 이 글의 상황 맥락context을 파악하는 데 필요한 정보가 무엇인가를 기술하라.

③ **하나의 이야기를 말하라**

이 화제와 관련되거나 쓰려고 하는 글의 요점을 예시할 수 있는 하나의 이야기를 말하면 화제에 흥미를 유발할 수 있다.

④ **독자와의 어떤 공동의 지표를 찾아라**

도입부에 이 같은 공동의 지표를 제시하는 것은 독자와 필자 사이에 유대를 마련할 수 있다.

⑤ **어떤 것을 묘사하라**

묘사는 글쓰기에 흥미와 활기를 더해 준다. 쓰려고 하는 글과 관련될 수 있는 어떤 것을 묘사해 보는 것도 글을 시작하기 위한 특별한 방법이 될 수 있다.

⑥ **검토하려고 하는 제목이나 요점들을 가지고 시작하라**

때때로 직접적인 접근이 최선일 수 있다. 검토하려고 하는 제목과 핵심 요점을 진술하면서 시작하는 것도 하나의 방법이다.

⑦ **짧게 하라**

도입부에 어려움이 있다면, 그것을 짧게 해라. 일단 제목과 그에 관련한 한두 개의 다른 문장들만 써라.

⑧ **건너뛰어라**

적절한 도입부가 이루어지지 않는다면 우선은 건너뛰어라.

다른 부분을 먼저 진행하고 나서 다시 도입부로 돌아와라. 다른 부분들을 쓰다 보면 도입부에 쓸 내용이 생각나게 될 것이다.

둘째, 전개부는 어차피 독자를 믿도록 하기 위한 세부 사항들이다. 이를 위해서 진술을 뒷받침할 증명과 설명을 필요한 만큼 되풀이해야 한다. **전개부나 본론을 기술하는 데 어려움이 있을 경우, 다음과 같은 전략이 도움이 된다.**

① 필자의 진술을 뒷받침할 수 있는 하나의 이야기를 말하라.
② 주제와 내용을 보완해 줄 수 있는 어떤 묘사를 덧붙여라.
③ 다양한 예들을 제시하라.
④ 다양한 근거를 제공하라.
⑤ 유사점이나 차이점을 보여주어라.
⑥ 제기된 문제들에 대한 원인이나 결과를 설명하라.
⑦ 관련된 어떤 것이 어떻게 만들어지고 행해지는지 설명하라.
⑧ 필자의 견해를 받아들이지 않으면 어떤 일이 일어날 것인지 설명하라.

셋째, **정리부나 결론은 독자들에게 마지막 인상을 남긴다는 사실을 자각해야 한다. 이 부분을 기술하는 데 어려움이 있을 경우, 다음과 같은 전략이 도움이 된다.**

① 핵심 요지의 의의나 중요성을 설명하라

결말 부분은 기억되기 좋은 마지막 위치이다. 따라서 결말은 요지의 중요성을 보여주기 위한 최적의 장소가 될 수 있다.

② 개요를 제공하라

특히 복잡하고 긴 글이라면, 글의 요지를 요약하여 독자에게 제공할 필요가 있다.

③ 필자의 견해를 무시하면 어떤 결과가 오는지를 설명하라

④ 진실로 강조하고자 하는 요점이나 제목을 다시 진술하면서 마무리를 지어라.

⑤ 짧게 하라

더할 나위 없이 만족스러운 결론은 단지 한두 문장일 수 있다.

아우트라인은 어디까지나 글을 쓰기 위한 최종적인 설계도일 뿐이다. 반드시 거기에 맞추어 완성해야 한다는 강박관념을 가질 필요는 없다. 오히려 집 짓는 도중에 새로운 아이디어나 필요성이 생기면 설계도면을 얼마든지 수정하듯이, 글 쓰는 도중에도 얼마든지 수정·보완할 수 있다. 다만 너무 많이 수정하게 되면 애초에 의도한 바와 달라질 수 있고, 글 전체의 통일성과 다른 요소들 간의 긴밀성이 흩어질 우려가 있으니 세심한 주의를 기울여야 한다. 혹여 수정이 가해지면, 해당되는 그 부분이나 그 단락, 또는

그 세부 항목만 수정할 수가 있는데 이것은 특히 조심해야 한다. 어느 정도의 수정이 있었다면 간단하게라도 글쓰기 계획 단계에서 고민했던 글쓰기 전의 전략 사항들을 다시 점검하고, 글 전체의 체제와 아우트라인도 다시 검토해 보아야 한다.

정확하고 효과적인 문장으로 쓰고 있는가

앞 단원의 글쓰기의 기초에서 이미 강조했듯이 좋은 글은 적절한 단어의 선택과 정확한 문장의 사용에서 시작한다. 글쓰기에서의 단어와 문장을 건축에 비유한다면, 벽돌 하나하나 창틀 하나하나라고도 할 수 있다. 아무리 훌륭한 건축물이라도 어느 한 구석의 벽돌 한 장이나 창틀 한 곳이 부실하다면 그 건물은 문제가 발생할 수밖에 없고 결국에는 부실한 건물이 되고 말 것이다.

글쓰기는 필자가 전달하고자 하는 주제와, 그것을 가장 효과적으로 기술하고자 고민한 끝에 정리된 아우트라인을 바탕으로 진행해 가는 것이다. 그러나 글을 써 나가는 과정에서 정확하고 효과적인 문장이 뒷받침되지 못한다면 주제의 전달은 물론 필자와 독자와의 의사소통까지도 어렵게 만들고 말 것이다. 따라서 글쓰기 도중에도 세심한 단어의 선택은 물론, 국어의 사용 체계와 문법에 맞추어 정확하고 효과적인 문장으로 쓰고 있는가를 수시로 점검해 보아야 한다.

정확한 문장은 올바른 낱말을 선택해야 하고, 문장에 사용된 성분들이 정확한 호응과 일치를 이루어야 하며, 문장 구성요소들 사이의 지시 관계가 명확히 드러나야 한다. 그리고 올바른 어미와 조사의 사용은 물론 정확한 맞춤법과 띄어쓰기 등에도 항상 유의하면서 써야 한다.

또한 효과적인 문장은 글의 주제와 해당 문장이 속해 있는 단락의 소주제문을 유기적으로 뒷받침하는 데 가장 바람직한 문장이 되어야 한다. 아울러 인접해 있는 다른 문장과의 긴밀한 상호 유대가 적절히 잘 이루어질 수 있어야 하며, 문장 사이의 논리적 연계성도 분명해야 효과적인 문장이 될 수 있다.

이처럼 글 쓰는 도중에 하나하나의 단어 선택은 물론이거니와, 한 문장 한 문장 완결해 나갈 때마다 정확하고 효과적인 문장으로 쓰고 있는가를 항상 점검하면서 기술해 나가야 한다.

주제는 전략적으로 강조하고 있는가

글쓰기의 궁극적인 목표는 필자가 의도한 핵심 사상, 즉 주제를 독자에게 가장 효과적으로 전달하는 것이다. 따라서 글을 써 나가는 과정에서 주제나 필자가 중점적으로 나타내고자 하는 바를 뚜렷이 부각시킴으로써 독자의 관심을 집중시키도록 하는 것은 대단히 중요하다. **모든 글이 통일성과 긴밀성을 갖추어야 하는 것은 물론이지만, 주제를 전략적으로 강조하여 글의 핵심 사상이 독자에게 효과적으로 전달되도록 하는 강조성도 반드시 갖추어야 할 요건이다.**

따라서 글을 써 나가는 과정에서 주제를 어떤 방식으로 강조하여 효과를 보도록 할 것인지를 심사숙고해야 한다. 강조의 효과를 내는 방법에는 여러 가지가 있을 수 있다. 그 중 가장 흔히 사용되는 것이 분량에 의한 강조와 위치에 의한 강조이다.

분량에 의한 강조는 주제나, 또는 그것과 관련이 깊은 사항들을 되도록 상세하고 충분하게 서술하는 것을 말한다. 이것은 필자가 전달하고자 하는 글의 중심 내용, 즉 주제를 되도록 많이 서술함으로써 독자의 관심을 오래 붙잡아 두고 분명하게 이해시킬 수 있는 방법이다. 그러나 글의 강약이 적절히 조절되지 못하여 글 전체의 흐름이 너무 단조로울 수 있고, 자칫 권위적인 필자의 모습을 독자에게 내비침으로써 거부감을 일으킬 위험이 있다.

반면 위치에 의한 강조는 글 전체에서 주제를 가장 잘 드러낼 수 있는 곳에 배치하는 것이다. 일반적으로 글의 첫머리와 끝부분에 독자의 관심이 가장 많이 집중되기 때문에 주제를 그 위치에 놓는 경우가 많다. 물론 강조의 효과를 더욱 높이기 위하여 글의 첫머리에서 주제를 상기시키고, 글의 끝부분에서 다시 주제를 확인시키는 방법도 있다.

그러나 글의 첫머리에 놓이는 경우, 주제가 처음부터 노출되는 흠이 있을 수 있으므로 주의해야 한다. 이 경우에는 독자의 관심과 흥미를 일으켜 주제에 대한 호기심을 불러일으키도록 세심한 배려를 하면서 대체로 도입 부분의 끝에 주제를 배치시키는 것이 좋다. 그리고 글의 끝부분, 즉 정리부에서는 그 시작 부분에서 주제를 다시 한 번 강하게 환기시켜 주어 독자에게 마지막 인상을 남기도록 하는 것이 좋다.

또한 글의 가장 많은 양을 차지하게 될 전개부에서는 주제를 소 항목으로 알맞게 나누어 전개해야 하며, 각 단락의 소주제는 주제를 떠받들어 뒷받침할 수 있는 재료와 내용으로 이루어져야 한다. 물론 전개부를 진행해 나가면서도 필요에 따라 적절한 위치에서 주제를 다시 상기시키거나 점검해 주는 방법도 효과적일 수 있다. 이 때에는 각 단락의 소주제들이 지니고 있는 상호 유기적 유대관계를 세심하게 고려하여 가장 적절한 위치를 찾아야 할 것이다.

전개부에서는 대체로 전개부를 시작하는 부분에서 주제를 한 번 더 제기하고, 마무리하는 부분에서 주제를 다시 상기시켜 주는 것이 좋다.

TIP

주제 배치의 적절한 장소

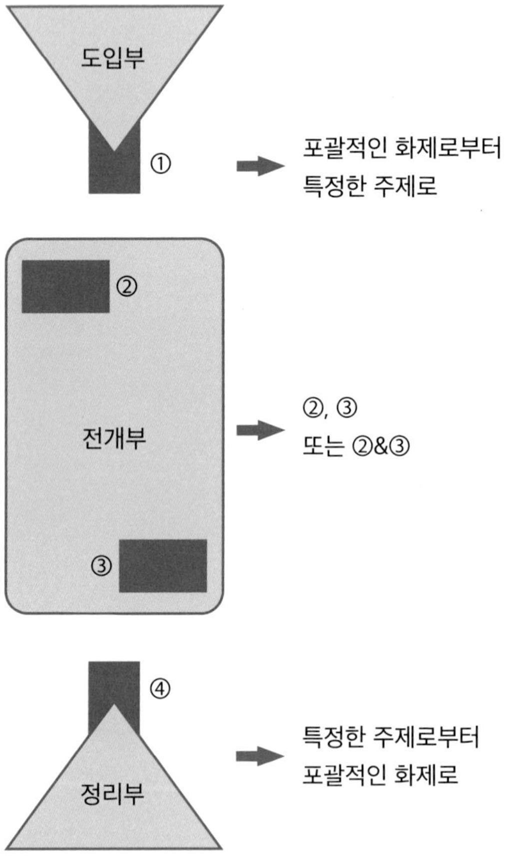

[주제 배치의 적절한 장소]

단락의 소주제문은 적절하고, 뒷받침문장들은 바람직한가

단락은 글 전체의 주제와 관련되면서 그 주제를 구축해내기 위해 필요한 한 단위의 생각이다. 건물에 비유하여 단어와 문장이 벽돌 한 장과 창틀 하나라면, 단락은 건물을 가장 튼튼하게 떠받치고 있는 기둥이나 내력벽이라고 할 수 있다. 그만큼 **단락은 글 전체를 지탱시켜 유지하는 골격인 것이다.**

단락은 핵심 요소인 소주제문과 그것을 펼쳐 나가는 뒷받침 문장으로 구성된다. 이 때 소주제를 세우는 일은 당연히 글 전체의 주제와 관련된다. 문장 하나하나가 아무리 훌륭해도 그 자체로는 가치가 없다. 문장들은 하나의 소주제로 뭉쳐서 단락을 형성하여야 한다. 그러한 단락들은 다시 모여서 글의 각 항목을 이루고, 나아가서 글 전체의 핵심 내용인 주제를 떠받드는 데 일정한 역할을 하게 되는 것이다.

글 쓰는 과정에서 적절한 소주제문의 작성은 단락을 나누어 펼쳐 나가기 위한 가장 중요한 일이기도 하다. 따라서 각 단락의 소주제문을 기술해 나갈 때, 과연 가장 적절한 소주제문인가를 수시로 재확인해 보아야 할 것이다. 즉 '이 소주제문은 글 전체의 주제와 밀접한 관련이 있는가?', '이 소주제문은 그 범주가 알맞게 잡혀 있는가?', '해당 단락이 이 소주제에 의해 통일되어 있는가?', '소주제문이 간결하고 확실한 표현으로 기술되고 있는가?' 등과 같은 질문을 통해 가장 적절한 소주제문을 찾아 기술해 나

가야 한다.

한편 소주제문을 단락의 어느 위치에 두느냐에 따라서 글의 효과는 달라질 수 있다. 일반적으로 단락의 첫머리에 두는 경우를 두괄식 구성, 단락의 마지막 부분에 오도록 하는 경우를 미괄식 구성, 그리고 첫머리와 마지막 부분에 함께 놓는 방식을 양괄식 구성이라고 한다.

두괄식 구성은 문제의 핵심을 처음부터 명백하게 할 수 있어서 독자의 관심을 집중시키고 지배적 인상을 줄 수 있다.

미괄식 구성은 단락의 소주제를 요약하는 효과를 거둘 수 있을 뿐만 아니라 특별히 강조되어야 할 내용을 다시 한 번 강조할 수 있는 장점이 있다.

양괄식 구성은 문제의 핵심을 선명하게 하고 강조하고자 하는 바를 뚜렷하게 나타낼 수 있는 방식이지만 주제가 중복됨으로써 문체상의 흠이 될 수도 있으니 주의해야 한다.

그리고 각 단락의 소주제문을 지나치게 규격화하거나, 소주제문의 위치를 하나같이 동일한 부분에 두는 것도 바람직하지 않다. 각 소주제문의 형태에 다양한 변화를 주고, 각 단락의 소주제문이 배치되는 장소에 변동을 줌으로써 단조로움을 피하고 글에 신선감을 더할 수 있도록 하는 것이 좋다.

앞서 말한 것처럼 단락은 소주제문을 중심으로 이루어진 한 단위의 생각이다. 극히 특수한 경우를 제외하고 소주제문만으로 이루어진 단락은 거의 없다. 따라서 단락에서 꼭 필요한 또 한 가지 중요한 요소는 소주제문을 떠받들어 펼치는 뒷받침문장이다. 마치 글 전체의 주제가 소주제들에 의해 떠받들어 발전되는 것처럼, 단락의 소주제는 그 단락을 이루고 있는 모든 뒷받침문장들에 의해 떠받들어져서 발전되는 것이다.

주제에 대한 소주제들의 관련과 마찬가지로 바람직한 뒷받침문장은 반드시 해당 단락의 소주제문과 관련되어 소주제를 충분히 발전시킬 수 있는 것이어야 한다. 다시 말해서 단락의 핵심 내용은 소주제이며, 단락을 이루는 수 개의 문장들은 그 소주제를 구체화하거나 합리화하기 위해 마련된 것들이다. 따라서 뒷받침문장들은 그 역할을 충실하게 수행할 수 있는 내용들로 채워져야 할 것이다.

글 쓰는 과정에서 단락을 기술해 나갈 때에는 가장 적절한 소주제문을 마련하는 일이 무엇보다 중요하다. 그러나 소주제문이 훌륭하게 준비되었다고 단락이 잘 이루어지는 것은 아니다. 거기에는 반드시 바람직한 뒷받침문장들이 함께 어우러져야 한다. 필자는 뒷받침문장 하나하나를 쓸 때마다 소주제문을 상기하고 그것을 풀이하거나 합리화 또는 예증하는 내용을 가려서 쓰는 것을 습관화하도록 노력해야 한다.

단락 간의 연계가 유기적으로 이어지고 있는가

적절한 소주제문과 바람직한 뒷받침문장들로 단락이 이루어졌다 하더라도, 그 단락은 반드시 다른 단락과 유기적인 연계를 지니고 있어야 한다. 단락 하나가 완벽하다고 해서 그 글이 좋은 글이 되는 것은 아니다. 인접한 단락 상호 간은 물론, 한 편의 글을 구성하고 있는 모든 단락들은 서로서로 유기적으로 잘 연계되어 글 전체의 주제를 형성해 낼 수 있어야 한다.

앞서도 말했듯이 글 전체의 주제는 각 단락의 소주제들에 의해 풀이되고, 합리화되고, 예증됨으로써 구체화하게 된다. 따라서 글 쓰는 과정에서 각 단락 간의 유기적인 연계를 항상 유념하여야 한다. 가깝게는 인접한 단락과의 상호 연관성도 주목해야 하겠지만, 글에 동원된 다른 모든 단락들 상호 간의 유기성을 글 전체의 주제와 관련하여 검토하면서 글쓰기가 이루어져야 한다.

아울러 나눈 단락의 수가 너무 세분화되어 있는 것은 아닌지, 하나의 단락에 혹시 두 가지 이상의 소주제가 뭉쳐져 있는 것은 아닌지, 나열된 단락의 위치가 과연 가장 적합한지, 혹시 단락의 순서를 바꿀 필요는 없는지 등을 세심하게 검토하면서 기술해야 할 것이다. 글의 생명이라고 할 수 있는 통일성, 긴밀성, 강조성은 단락에 임하여서도 여전히 중요한 과제이다. 그만큼 단락 상호 간의 유기적 연계성은 좋은 글을 쓰는 데 반드시 갖추어야 할 사항이기도 하다.

글쓰기 교정 단계

어떻게 쓰여 있는가

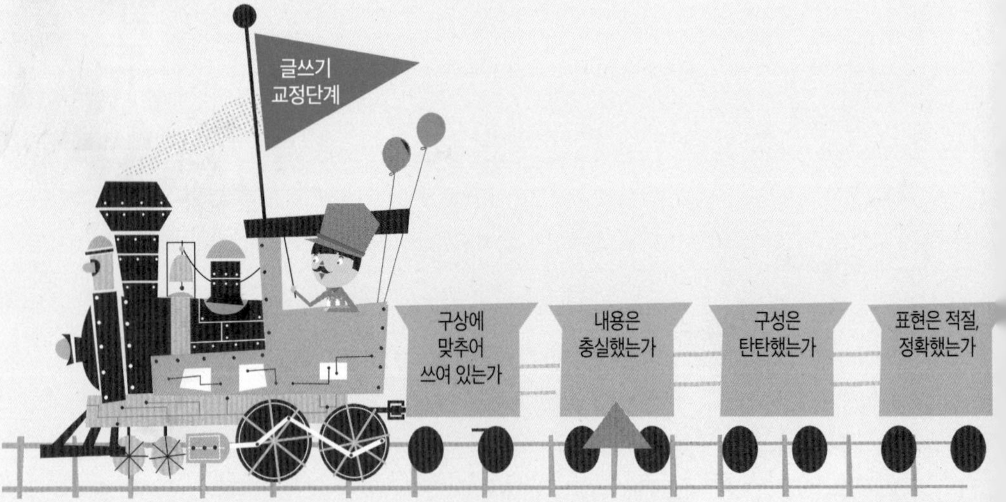
글쓰기
교정단계
구상에
맞추어
쓰여 있는가
내용은
충실했는가
구성은
탄탄했는가
표현은 적절,
정확했는가

[글쓰기 교정 단계 — 어떻게 쓰여 있는가]

글쓰기 전의 계획 단계에 따라 실제로 글을 쓰기 시작하고, 글쓰기 중의 실행 단계에 맞추어 일단 글을 완성했다고 글쓰기의 모든 과정이 마무리된 것은 아니다. 그것은 어디까지나 초안에 불과한 것이다. 이제 글쓰기의 마지막 과정인 교정 단계에 따라 초안을 수정·보완해야 한다.

너무나 당연한 말이지만, 쓴 글의 첫 번째 독자는 누구도 아닌 바로 필자 자신이다. 가장 객관적이고 냉철한 독자가 되어 자신이 쓴 글을 스스로 평가해야 한다. 이런 의미에서 교정 단계는 자기 글에 대한 자기 평가의 단계라고 할 수 있다.

일반적으로 퇴고는 첨가, 삭제, 재배열의 세 가지 방식을 따른다. 첨가는 정리되지 못한 부분이나 빠뜨린 부분을 첨가·보충하면서 표현을 상세하게 하는 것이다. 그리고 삭제는 불필요한 여분의 부분이나 군더더기 표현을 삭제하면서 표현을 긴장감 있게 하는 것이며, 재배열은 문장이나 단락의 구성을 변경하여 부분적으로 주제 전개의 양상을 고쳐 나가는 것을 말한다.

좋은 글을 쓰기 위한 최종적인 단계는 이른바 '고쳐 쓰기'라는 점을 잊어서는 안 된다. 서양의 글쓰기 관련 책들에서 "훌륭한 글쓰기는 바로 고쳐 쓰기를 의미한다." Good writing means re-writing 라는 말을 하나의 명제처럼 강조하고 있음을 볼 수 있다. 그만큼 고쳐 쓰기는 한 편의 글을 최종적으로 완성하는 데 가장 중요한 단계인 것이다.

한편 요즘처럼 컴퓨터가 글 쓰는 도구로 보편화된 상황에서는 글 쓰는 과정에서 퇴고가 동시에 이루어지는 일이 많아진 것이 사실이다. 그만큼 편리해졌다고 할 수 있다. 그러나 컴퓨터의 한 화면에 담을 수 있는 글의 양은 어차피 한정될 수밖에 없다. 따라서 글의 세부 항목을 종합적으로 검토하거나, 한 단원 또는 글 전체를 총괄적으로 점검하기 위해서는 그때마다 전문을 프린트한 글을 놓고 점검해야 한다.

그렇다면 보다 좋은 글이 되도록 하기 위해서 어떤 방식으로 글쓰기 교정 단계를 실천해 나가는 것이 좋을까. 퇴고의 세 가지 원칙을 항목별로 상세하게 검토할 수 있는 방법은 없을까. **이 문제를 효율적으로 실천하기 위해서는 쓴 글을 네 방향으로 나누어서 점검할 필요가 있다.**

첫째, **구상에 맞추어 쓰여 있는가?**

둘째, **내용은 충실했는가?**

셋째, **구성은 탄탄했는가?**

넷째, **표현은 적절하고 정확했는가?**

구상에 맞추어 쓰여 있는가

글의 초안을 모두 완성한 후에, 어떻게 쓰여졌는가를 점검하기 위해서는 글쓰기 전에 계획 단계에서 최종적으로 마련된 아우트라인을 참조하여 우선 글을 전체적으로 검토하는 것이 좋다. 즉 애초에 의도한 구상과 아우트라인에 맞추어 쓰여 있는가를 확인해 보는 작업이 필요하다. 주제의 분명한 설정과 제시, 글의 전반적인 짜임새, 아우트라인에서 계획한 세부 항목들의 확인, 단락의 적절한 안배와 균형 등을 다시 검토해 보아야 한다. 혹시 글쓰기 과정에서 구상이나 아우트라인을 수정했다면, 수정된 것을 바탕으로 이루어져야 하는 것은 당연하다.

특히 **글의 도입부는 글의 방향이나 성격을 암시해 주고 주제를 제시해 주는 것 이외에도 첫인상을 심어 주는 부분이므로 독자의 관심과 호기심을 불러일으키도록 써야 한다는 점을 잊어서는 안 된다. 아울러 글의 마무리 부분인 정리부는 중심 요지의 의의나 중요성을 설명하면서도 독자에게 마지막 인상을 남긴다는 점**

을 명심하여 다른 부분보다 더욱 세심한 신경을 써야 할 것이다.

이 밖에도 구상에 따른 전체적인 검토를 위해서 다음과 같은 질문을 던져 보면서 진행하는 것이 좋다.

- 주제는 틀림없이 말하고자 했던 것인가?
- 좀 더 정확한 주제문으로 나타낼 수는 없는가?
- 혹시 주제와 다소 거리가 있는 지엽적인 생각이 오히려 더 뚜렷하게 나타나도록 기술되지는 않았는가?
- 아우트라인에서 의도한 세부 항목이 주제와 조화를 이루고 있는가? 혹여 맞지 않는 세부 항목이 들어 있지는 않은가?

이런 질문들을 던져 보면 전체적인 검토를 보다 구체적으로 행할 수가 있다.

만약 완성된 초안의 분량이 애초에 계획했던 것보다 너무 짧거나 길어졌다면 어떻게 해야 할 것인가. 사실 글을 쓰다가 보면 그 길이가 생각과는 다르게 맞지 않을 경우가 많다. 특히 분량이 정해진 글의 경우, 이 문제는 또 하나의 어려움일 수밖에 없다. 이런 경우 다음과 같은 전략이 그러한 난관을 극복하는 데 도움이 될 것이다.

우선 **초안이 생각보다 너무 짧아졌을 경우 다음 전략 중의 한두 가지를 시도하라.**

① 주된 요점들을 강조하라

초안이 짧아진 것은 주요 요점들을 발전시키는 것에 소홀히 했기 때문이다. 요점들 중에 보충이 필요한 항목을 찾아 그것을 지지하는 내용을 덧붙인다면, 길이 문제를 해결할 수 있다.

② 설명한 뒤에 보여 주어라

초안이 너무 짧다면, 독자에게 설명만 주로 했을 것이다. 설명한 뒤에 그것과 관련된 구체적 예시 등을 보여 주어라.

③ 아이디어 산출로 돌아가라

글이 너무 짧다면 글쓰기를 위한 충분한 아이디어를 마련하지 못한 채로 글쓰기를 시작했기 때문이다. 잠시 중단하고 아이디어 산출로 돌아가 새로운 생각을 보충하라.

④ 제목이나 주제를 다시 검토하라

보다 넓은 영역을 다룰 수 있도록 주제의 범위를 넓혀 초안의 길이를 증가시켜라.

그리고 **초안의 길이가 생각보다 너무 길어졌을 경우에는 다음의 전략 중에 한두 가지를 시도하라.**

① 주제를 다시 검토하라

주제를 다시 점검하여, 주제의 범위를 좁히는 방법을 모색하라.

② 불필요한 요지들을 삭제하라

독자가 이미 알고 있다고 생각되는 것은 삭제하라. 필자가 지나치게 과잉으로 설명하면 오히려 독자를 피곤하게 할 뿐이다.

③ 초안의 개요를 다시 작성하라

글쓰기 전에 아웃트라인을 작성했더라도, 반대로 글을 쓴 후의 초안을 토대로 아우트라인을 다시 작성하라. 반복되는 요지나 관련 없는 세목들은 없는가를 검토할 수 있다.

④ 불필요한 반복이나 군더더기를 삭제하라

의외로 불필요한 반복이나 쓸모없는 것들이 눈에 띌 것이다. 과감히 삭제하라.

⑤ 서론이나 결론을 과잉 기술하지 마라

다시 명심해라. 글에서 서론이나 결론은 주된 논의를 위한 길을 열고, 묶는 일을 할 뿐이다.

내용은 충실했는가

구상에 맞추어 쓰여 있는지의 검토에 이어서 다음 단계로 점검할 항목은 '내용은 충실했는가?'이다. 글의 내용이 밀도 있고 알차서 알맹이가 있어야 좋은 글이 되는 것은 당연하다. 따라서 구상과 아우트라인에 따라 내용이 얼마나 충실하게 채워졌는가를 글을 쓴 후에 반드시 점검해야 한다.

쓴 글의 내용들이 얼마나 잘 정비되어 있는가를 보다 구체적으로 점검해 보기 위해서는 다음과 같은 체크리스트를 사용하는 것이 좋다.

'내용은 충실했는가?'를 점검하는 체크리스트

- 글의 초점을 정확히 표현한, 명백한 주제를 지니고 있는가?
  표현하고자 하는 내용은 직접적으로 진술되었거나 글 속에 함축되었거나 간에 확실한 주제에 의하여 표현되어야 한다.
- 글의 모든 세목이 그 주제와 명백하게 관련되는가?
  다시 말해서 글에 사용된 모든 내용이 주제에 의한 통일성을 이루었는가?
- 주제를 포함한 모든 개념이 필요한 내용들로 충분히 뒷받침되고 있는가?
- 제재는 설득력 있고 풍부하고 확실한 것인가?
- 독자에게 흥미 있고, 이해 가능한 재료들인가?
- 모든 세목들이 독자, 글의 목적, 필자의 역할에 잘 부합되는가?
- 불필요한 제재나 세목들을 사용하고 있지는 않은가?
- 혹여 눈에 거슬리는 진술은 없는가?
- 도입부(서론)는 화제에 흥미를 불러일으키는가?
- 정리부(결론)는 만족스러운 결말을 제공하는가?

구성은 탄탄했는가

필자가 전달하고자 하는 여러 가지 내용은 반드시 어떤 구성을 통해 비로소 글의 내용으로 자리를 잡게 된다. 아무리 훌륭한 생각과 내용을 지녔다고 하더라도 그것이 글의 구성 속에서 형성(形成)되지 못한다면 무의미한 것에 불과하다.

좋은 글이 갖추어야 할 첫 번째 요건으로 강조되는 것이 완결성이다. 곧 '탄탄하게 잘 짜여진 글'을 좋은 글의 평가 기준으로 삼는 것이다. 이 때 탄탄하게 잘 짜여졌다는 것이 바로 구성을 지칭한다.

글을 쓴 후에 글의 구성이 얼마나 잘 조직화되어 있는가를 보다 구체적으로 점검해 보기 위해서는 다음과 같은 체크리스트를 사용하는 것이 좋다.

'구성은 탄탄했는가?'를 점검하는 체크리스트

- **하나의 관념이나 생각이 다음 관념과 생각을 논리적으로 뒤따르는 긴밀한 흐름을 지니고 있는가?**
- **하나의 단락이 다음 단락을 논리적으로 뒤따르는 긴밀한 흐름을 지니고 있는가?**
- **각 단락의 상세한 기술들이 주제문이나 소주제문과 관련이 있는가?**
- **단락의 구분이 적절하고 단락 상호 간의 연계성은 유기적**

인가?

- 재료의 배열순서가 효과적이며 적합한가?
- 시작, 중간, 결말의 균형이 잘 잡혀 있는가?
- 각 생각들이 서로서로 어떻게 관련되는지를 보여 주기 위해, 위치나 단계의 변화를 사용했는가?
- 적절한 위치에서 필요한 만큼의 개요를 정리했는가?

표현은 적절하고 정확했는가

내용과 구성에 대한 검토가 이루어진 연후에, 다음으로 해야 할 일이 표현에 대한 점검이다. 내용과 구성이 글에 대한 전반적인 검토라면, 표현은 세부적인 검토라고 할 수 있다. 곧 내용을 구성으로 형성하는 데 사용된 여러 가지 단어나 문장들이 얼마나 적절하고 정확했는가를 검토하는 것이다.

글을 쓴 후에 글의 표현이 얼마나 정확하고 적절하게 잘 사용되어 있는가를 보다 구체적으로 점검해 보기 위해서는 다음과 같은 체크리스트를 사용하는 것이 좋다.

'표현은 적절하고 정확했는가?'를 점검하는 체크리스트

- 제목은 핵심과 쟁점을 헤드라인으로 부각시켜 독자의 관심과 주의를 끌 만한가?

- 적합하고 구체적이며, 명확한 단어를 사용했는가?
- 정확한 문장을 사용했는가?
- 문장이나 단락을 시작할 때, 다양한 방법을 활용했는가? 특히 글을 시작하는 첫 문장이나 첫 단락은 즉각적으로 독자의 관심을 끌 만큼 산뜻했는가?
- 이유 없는 반복과 군더더기를 피했는가?
- 불필요한 단어나 구절은 없는가?
- 상투형을 제거했는가?
- 특정 어구나 표현 등을 과도하게 사용하는 것을 피했는가?
- 글에 활기와 흥미를 더해 주기 위해 능동태active voice를 사용했는가?
- 너무 어렵고 까다로운 표현으로 독자에게 부담을 주지는 않았는가?
- 소리 내어 읽을 때, 모두가 무리 없이 좋은가?
- 맞춤법, 띄어쓰기, 문장부호는 정확하게 사용했는가?
- 편집은 적절했는가?

현대인의 글쓰기

— 디지털 시대 글쓰기

일상적 글쓰기

창의적 글쓰기

마음 글쓰기 — 글쓰기 치료

Tip 팔리는 <자기소개서> 작성을 위한 네 가지 Tip

종이나 원고지에 글을 쓰던 과거와는 달리 현대는 디지털 글쓰기 시대라고 할 수 있다. 그렇다고 글 쓰는 행위 자체가 지니는 의미나 가치가 변한 것은 아니다. 무슨 일을 하든지 사람들에게 가장 중요한 것 중의 하나는 효과적인 커뮤니케이션 능력이다. 오늘날 많은 사람들은 의사소통부터 문자메시지로 한다. 그리고 이메일을 쓰거나 사회관계망서비스(SNS)에 무언가를 올릴 때도 글쓰기로 이루어진 텍스트가 필요하다. 그만큼 현대인들에게 글쓰기는 일상생활 속에 깊이 들어와 있다.

코로나 사태로 경험하듯이, 여러 가지 여건 때문에 대면이 어려워져 개인 간의 소통도 문자나 이메일로 이루어지면서 자연스럽게 글쓰기가 활발하게 이루어지고 있다. 직장이나 기업에서도 온라인 화상회의가 잦아져 그 내용을 논리적이고 정제된 글로 정리해야 할 필요가 커졌다. 온라인 동영상과 가상현실 시장의 급성장은 오히려 글쓰기의 필요성을 더욱 절실하게 하고 있다. 게

다가 영화·드라마·게임의 원천이 되는 이른바 창의적인 글쓰기는 지적 재산으로 각광받고 있다.

하버드나 MIT 대학은 모든 학생이 글쓰기 과정을 반드시 거치도록 하는 교육으로도 유명하다. 미국 대학이 글쓰기를 강조하는 것은 글쓰기가 깊이 있게 사고하는 창의적인 인재를 양성해 국가 경쟁력을 높인다는 믿음 때문이다. 글쓰기 교육을 통해 창의적인 사고로 자신의 생각과 주장을 논리 정연하게 글로 정리할 수 있는 논리력과 창의력을 키울 수 있다.

일상적 글쓰기는 물론, 창의적 글쓰기가 일상에 깊이 스며들어 있다. 게다가 글쓰기치료가 새로운 심리적 외상의 치유 영역으로 자리 잡으면서 나 자신과의 화해를 위한 마음 글쓰기까지 다양한 모습으로 나타나고 있다. 글쓰기는 나를 깨우고 만나는 가장 순수하고 아름다운 시간이다. 한 번도 깨우지 못한 저 깊은 곳에 숨겨져 있던 나를 만나, 함께 동행하는 아름다운 여정이 곧 글쓰기이다.

일상적 글쓰기

현대인들은 온라인에서의 소통이 생활화하면서 짧은 단어, 빠른 채팅에 익숙해져 있다. 그만큼 긴 문장 읽기나 쓰기가 어려워진 것이 사실이다. 그러나 커뮤니티에 적극적으로 참여하기 위해서는 글쓰기의 역량이 더욱 필요하다.

매일 작성하는 수많은 문자와 이메일은 바로 '문자로 이루어진 글쓰기 텍스트'이며, 블로그, 페이스북, 인스타그램, 트위터 등 SNS에 올린 글들도 모두 '글쓰기 텍스트'로 이루어진다.

이제 펜데믹 이후 뉴노멀 시대의 도래에 대한 준비가 시급하다. 우리의 일상에서 언택트(untact)와 새로운 온택트(ontact) 세상으로의 변화, 곧 위드코로나 시대를 대비해야 할 것이다. 사람과 사람이 직접 만나지 않는 언택트 시대에 역설적으로 '소통'은 더욱 중요해지고, 동시에 효과적인 글쓰기 역량이 과거 어느 때보다도 절실해진 시대이다.

디지털 시대 글쓰기는 과거의 전통적인 기록과 문예창작의 분야를 넘어 이제 거의 모든 소통과 실생활에 필요한 도구이며, 글쓰기 능력이 곧 직장과 사회에서도 성공의 자질이 되고 있다. 대입 논술은 물론 대학 리포트나 논문과제도 글쓰기로 이루어지며, 취업이나 진학을 위한 자기소개서, 그리고 보고서, 기획서 등 일상적 실무 능력과 같은 기업 글쓰기도 갈수록 중시되고 있다.

또한 각종 글쓰기 강좌도 점차 늘어나고 있다. 온라인 글쓰기 강좌, 자녀 글쓰기 지도 강좌, 청소년 글쓰기 강좌, 중장년을 위한 글쓰기 강좌 등이 각종 문화센터나 도서관 및 주민자치회 등에서 개설되고 있다. 거의 모든 대학에서도 대학 내에 글쓰기 센터를 마련하여 관련 강좌는 물론 1 : 1 첨삭지도 등을 통해 학생들의 글쓰기를 돕고 있다.

창의적 글쓰기

사실 모든 글쓰기는 창의적인 행위라고 할 수 있다. 설령 그것이 일상적인 글쓰기라고 하더라도 나의 생각과 감정을 글로 표출하는 순간, 그것은 '나만의 모습'을 드러낸다.

내가 보고, 듣고, 느낀 것을 문자로 표현하는 일은 결국 나만의 목소리로 담겨지게 마련이다. 창의적인 사고나 주관적인 감정을 글로 표현하는 것이 창의적 글쓰기이며 감성적 글쓰기이다. 모든 상상력과 창의성은 글을 통해 드러나고 글쓰기를 통해 더욱 발전한다.

글을 쓰면 생각이 활성화하고, 그만큼 뇌 기능과 활동도 원활해진다. 심지어 생각 없이 마음 가는대로 쓰기만 해도 창의성이 발현되고 상상력이 펼쳐진다. 글쓰기는 단순한 타이핑하기로 시작하더라도, 꾸준하게 계속하면 또 다른 세상을 만나 창의적인 능력을 발휘하게 될 것이다. 이처럼 새로운 세계는 글쓰기로 시작되며, 글쓰기는 곧 새로운 세계의 창조이다.

창의적 글쓰기의 예술적 행위체가 곧 문학이라고 할 수 있다. 문학은 인간의 상상력에 의해서 창조되는 세계이다. 문예창작은 창의적인 사고와 상상력을 언어라는 매개체로 이루어낸 예술행위일 것이다.

마음 글쓰기 — 글쓰기치료

이른바 힐링 healing이란 용어가 마치 하나의 유행어처럼 번져 가고 있다. 그만큼 정신적으로 피폐해져 가고, 심리적으로 아픔이 많은 시대라는 것을 반증하고 있다. 육체적 질병은 의사의 치료 cure, treatment에 의해 고칠 수 있지만, 심리적 외상은 어떤 치유 healing, therapy가 필요한 것인가. 최근에 미술치료, 음악치료, 문학치료, 독서치료, 원예치료 등과 더불어 글쓰기치료 같은 용어가 결코 낯설지 않다. 그만큼 치유가 필요한 시대라는 것을 말해 준다.

글쓰기는 마음을 표현하여 정리하고 객관화하는 좋은 방법이다. 최근에 글쓰기라는 수단을 통해 심리적 치료를 이행하는 '글쓰기치료'라는 말이 대중화될 정도로 관심이 높아지고 있으며 관련 연구도 많아지고 있다. 이는 누구나 접근하기 쉽고 혼자서도 할 수 있는 자기주도적인 치유의 한 방법이라는 장점 때문일 것이다.

상담학 사전에서 글쓰기치료란 "생활 속의 문제를 해결하거나 자기성찰을 더 깊이 하기 위해 사고나 감정을 글로 쓰는 모든 치료 및 개선 행위의 통칭"이라고 규정하고 있다. 따라서 글쓰기를 통해 심리적으로 안정이 되면 '자연치유능력'이 커지며, 그 결과 질병의 회복 속도가 빨라진다는 것이 연구자들에 의해 규명되고 있다.

글쓰기는 자신의 감정이나 생각, 경험 등을 자유롭게 표현하는 도구이다. 특별한 재능이나 숙련을 요구하지 않고도 글쓰기는 누구나 활용 가능하다. 또한 글로 쓴 내용을 누군가에게 공개하지 않아도 충분히 그 자체로 치료적 의미를 갖는다. 따라서 상담 및 심리치료에 있어 글쓰기치료는 매우 유용한 치료방식으로 이용되기도 한다.

현대인들은 날마다 밀려오는 외상과 부딪히며 살아간다. 마음 글쓰기를 통해 무의식 속에 잠재해 있는 자신의 내면을 꺼내고 혼돈된 외상을 표출할 수 있다. 안개처럼 어슴푸레하게 감추어져 있던 심리적 상처의 흔적들이 글쓰기를 통해 보다 구체적으로 실체화한다. 즉, 언어로 표현되는 그 순간 관념적이고 추상적인 상태로 맴돌고 있던 상처의 흔적들이 마침내 구체적인 실체로 나타난다. 이때 비로소 자기 자신과의 의사소통이 가능해지며, 자신과의 화해를 통한 치유도 이루어진다. 이것이 곧 치유적 글쓰기이다.

팔리는 〈자기소개서〉 작성을 위한 네 가지 Tip

TIP

1) 일목요연하게 써라.

- 사실을 써라. 꾸미지 마라.
- 질문에만 정확하게 답해라.
- 문장은 짧게 써라. 복문보다는 단문의 메시지가 훨씬 강하고 쉽다.
- 당신의 주장은 반드시 증거가 있어야 한다.
- 읽기 쉽게 레이아웃 해라. 4~5줄에 줄바꾸기 하거나, 한 칸 띄워 쓰라.
- 제목은 마치 기사의 헤드라인을 작성하듯이 핵심과 장점을 부각시켜라.

제목에서 10초 이상 머무르게 해야 나의 자기소개서는 5분 이상 검토될 것이다.

2) 스토리가 스펙이다.

- 쓸 거리(지나온 삶, 가능하면 현재나 대학시절부터 거꾸로)를 취재하여 목록을 작성하라. **특히 나만의 스펙과 매력을 찾아라. 당신의 지나온 삶에서 당신을 찾으면 된다. 그것이 자기소개다.** 사회생활이나 대학생활 동안 기억에 남는 경험들을 기억해내라. 성공한 일, 실패한 일, 잘한 일, 잘못한 일을 생각나는 대로 찾아내라. 직전까지의 사회생활이나 대학생활을 위주로 하고 다음으로 고등학교, 중학교, 초등학교 순으

로 내려가면 된다.

당신의 기억에 의미 있게 남아 있는 경험이라면 어느 것이든 상관없다. **특히 자신이 주도적으로 했던 일을 기록해라.** 많을수록 좋다. 단, 각 경험마다 느낀 점을 정리해라. 성공한 경험은 습관화하려고 했고, 실패한 경험은 그것을 계기로 생각과 행동을 바꾸는 계기가 되었음을 명시해라. 그것은 당신이 하는 말의 증거가 되기 때문이다.

- 취재된 목록들을 트리 다이어그램(tree diagram)으로 정리하라. **이때 주의할 점은 반드시 지원하고자 하는 곳의 직무와 연결되게 정리해야 한다.**
- 카메라렌즈의 조리개를 맞추듯이 주경(主景)과 배경(背景)에 사용할 내용을 선택하라.
- 몇 개의 단락으로 구분하고, 각 단락의 핵심구절을 소제목으로 부각시켜라.
- 필요한 경우에는 사진 자료를 적절히 잘 활용하라.
- 글쓰기의 기본을 잊지 말고, 편집기술도 적절히 활용하라.

3) 자신이 무엇을 할 수 있는지 구체적인 능력을 써라.

- **회사에서 요구하는 자기소개서 양식에 따라서만 충실하게 답해라.**

성장과정을 묻는다면 성장과정만 쓰면 된다. 비전이 무엇이냐 하면 당신의 비전만 쓰면 된다. 강점이 무엇이냐 하면 강점만 쓰면 되고, 약점이 무엇이냐 물으면 약점을 쓰면 된다.

질문과 관계없는 내용은 넣지 마라. 당신의 대답이 멍청해진다. 회사에서 요구하는 질문은 반드시 지금까지 당신이 살아오면서 경험한 내용이 있다. 그래서 트리 다이어그램이 필요한 것이다. 정리된 항목을 최대한 적절히 활용해라.

- 전공과 관련 없는 직무라 하더라도 동아리, 학회, 관련 수업 수강 경험, 봉사활동, 자격증, 아르바이트, 여행경험 등을 이야기하면서 직무관련성을 찾을 수 있다.
- 자신이 무엇을 할 수 있는지 구체적인 능력을 써라.
- 지원회사에 대해 철저히 분석하라.
- **그 회사에 자신이 적임자인 이유를 구체적으로 언급하라. 당신 회사에 왜 내가 적임자인지를 강하게 각인시켜라.**
- **가장 중요한 것은 고용주의 입장에서 생각해야 한다는 것이다.**
- 고용주의 입장에서 사용가능한 능력에 대해 구체적으로 정해라.

4) 컴퓨터 활용 자격증(워드, ppt, 액셀 등), 포토샵, 검색사 자격증 등 전공이나 직무 관련 자격증 취득도 도움이 된다.

- 많으면 많을수록 좋다.

아마도 면접관은 지원자가 작성한 자기소개서에 있는 내용에 대해 되물을 가능성이 많다. 또한 자기소개서 외의 다른 경험을 묻는 경우도 많을 것이다.

지원자는 이미 많은 경험사례를 확보해 놓고 있으므로 대답에 거리낌이 없을 것이다. 자기소개서를 쓰면서 지원자는 이미 자기가 무엇을 원하는지, 무엇이 필요한지 알게 되면서 확인했기 때문이다. 즉, 지원자는 본인과 지원하고자 하는 회사에 대해 공부가 되어 있으므로 면접에서 막힘없이 대답할 수 있게 되어 높은 점수를 받을 수 있는 것이다.

그것으로 지원자는 그 회사가 채용하고 싶은 인재가 되는 것이다. 그리고 합격하게 되며, 본인들의 생각보다 한 단계 더 높은 연봉을 받게 될 수도 있을 것이다.

명심해야 할 것은, 대부분의 경우 지원하는 회사에 함께 지원하는 경쟁자들은 지원하는 본인보다 크게 잘나지 않으며 비슷비슷하다는 사실이다. 그러니 자기소개서를 충실하게 준비한 자라면 전혀 두려워할 필요가 없다.

결과보다는 과정을 본다. telling보다는 showing을 위주로 하라 — 그것이 곧 evidence가 될 테니까

틀리기 쉬운 우리글

한글 맞춤법, 표준어 규정에서 찾아보기

헷갈리기 쉬운 우리글 바로쓰기

▶ 한자음 '녀, 뇨, 뉴, 니'가 단어의 첫머리에 올 적에는, 두음 법칙에 따라 '여, 요, 유, 이'로 적는다.(ㄱ을 취하고, ㄴ을 버림.)

ㄱ	ㄴ	ㄱ	ㄴ
여자(女子)	녀자	유대(紐帶)	뉴대
연세(年歲)	년세	이토(泥土)	니토
요소(尿素)	뇨소	익명(匿名)	닉명

다음과 같은 의존 명사에서는 '냐, 녀' 음을 인정한다.

냥(兩) 냥쭝(兩-) 년(年)(몇 년)

단어의 첫머리 이외의 경우에는 본음대로 적는다.

남녀(男女) 당뇨(糖尿) 결뉴(結紐) 은닉(隱匿)

접두사처럼 쓰이는 한자가 붙어서 된 말이나 합성어에서, 뒷말의 첫소리가 'ㄴ'소리로 나더라도 두음 법칙에 따라 적는다.

신여성(新女性)　　공염불(空念佛)　　남존여비(男尊女卑)

둘 이상의 단어로 이루어진 고유 명사를 붙여 쓰는 경우에도 위에 준하여 적는다.

한국여자대학　　대한요소비료회사

▶ 한자음 '랴, 려, 례, 료, 류, 리'가 단어의 첫머리에 올 적에는, 두음 법칙에 따라 '야, 여, 예, 요, 유, 이'로 적는다.(ㄱ을 취하고, ㄴ을 버림.)

ㄱ	ㄴ	ㄱ	ㄴ
양심(良心)	량심	용궁(龍宮)	룡궁
역사(歷史)	력사	유행(流行)	류행
예의(禮儀)	뇨소	이발(理髮)	리발

다음과 같은 의존 명사는 본음대로 적는다.

리(里): 몇 리냐?

리(理): 그럴 리가 없다.

모음이나 'ㄴ' 받침 뒤에 이어지는 '렬, 률'은 '열, 율'로 적는다.(ㄱ을 취하고, ㄴ을 버림.)

ㄱ	ㄴ	ㄱ	ㄴ
나열(羅列)	나렬	분열(分裂)	분렬
치열(齒列)	치렬	선열(先烈)	선렬
비열(卑劣)	비렬	진열(陳列)	진렬
규율(規律)	규률	선율(旋律)	선률
비율(比率)	비률	전율(戰慄)	전률
실패율(失敗率)	실패률	백분율(百分率)	백분률

외자로 된 이름을 성에 붙여 쓸 경우에도 본음대로 적을 수 있다.

신립(申砬) 최린(崔麟) 채륜(蔡倫) 하륜(河崙)

준말에서 본음으로 소리나는 것은 본음대로 적는다.

국련(국제연합) 대한교련(대한교육연합회)

접두사처럼 쓰이는 한자가 붙어서 된 말이나 합성어에서, 뒷말의 첫소리가 'ㄴ' 또는 'ㄹ' 소리로 나더라도 두음 법칙에 따라 적는다.

역이용(逆利用) 연이율(年利率) 열역학(熱力學) 해외여행(海外旅行)

▶ 한자음 '라, 래, 로, 뢰, 루, 르'가 단어의 첫머리에 올 적에는, 두음 법칙에 따라 '나, 내, 노, 뇌, 누, 느'로 적는다.(ㄱ을 취하고, ㄴ을 버림.)

ㄱ	ㄴ	ㄱ	ㄴ
낙원(樂園)	락원	뇌성(雷聲)	뢰성
내일(來日)	래일	누각(樓閣)	루각
노인(老人)	로인	능묘(陵墓)	릉묘

단어의 첫머리 이외의 경우에는 본음대로 적는다.

쾌락(快樂)	극락(極樂)	거래(去來)
왕래(往來)	부로(父老)	연로(年老)
지뢰(地雷)	낙뢰(落雷)	고루(高樓)
광한루(廣寒樓)	동구릉(東九陵)	가정란(家庭欄)

접두사처럼 쓰이는 한자가 붙어서 된 단어는 뒷말을 두음 법칙에 따라 적는다.

내내월(來來月) 상노인(上老人) 중노동(重勞動)
비논리적(非論理的)

▶ **종결형에서 사용되는 어미 '-오'는 '요'로 소리나는 경우가 있더라도 그 원형을 밝혀 '오'로 적는다.**(ㄱ을 취하고, ㄴ을 버림.)

ㄱ	ㄴ
이것은 책이오.	이것은 책이요.
이리로 오시오.	이리로 오시요.
이것은 책이 아니오.	이것은 책이 아니요.

연결형에서 사용되는 '이요'는 '이요'로 적는다.(ㄱ을 취하고, ㄴ을 버림.)

ㄱ	ㄴ
이것은 책이요,	이것은 책이오,
저것은 붓이요,	저것은 붓이오.
또 저것은 먹이다.	또 저것은 먹이다.

▶ 어간에 '—이'나 '—음/—ㅁ'이 붙어서 명사로 된 것과 '—이'나 '—히'가 붙어서 부사로 된 것은 그 어간의 원형을 밝히어 적는다.

1. '—이'가 붙어서 명사로 된 것

길이 깊이 높이 다듬이 땀받이
달맞이 먹이 미닫이 벌이 벼훑이
살림살이 쇠붙이

2. '—음/—ㅁ'이 붙어서 명사로 된 것

걸음 묶음 믿음 얼음 엮음 울음
웃음 졸음 죽음 앎 만듦

3. '—이'가 붙어서 부사로 된 것

걸음　　굳이　　길이　　높이　　많이　　실없이
좋이　　짓궂이

4. '—히'가 붙어서 부사로 된 것

밝히　　익히　　작히

▶ 명사 뒤에 '—이'가 붙어서 된 말은 그 명사의 원형을 밝히어 적는다.

1. 부사로 된 것

곳곳이　　낱낱이　　몫몫이　　샅샅이
앞앞이　　집집이

2. 명사로 된 것

곰배팔이　　바둑이　　삼발이　　애꾸눈이
앞잡이　　절뚝발이/절름발이

▶ '—하다'나 '—거리다'가 붙는 어근에 '—이'가 붙어서 명사가 된 것은 그 원형을 밝히어 적는다.(ㄱ을 취하고, ㄴ을 버림.)

ㄱ	ㄴ	ㄱ	ㄴ
깔쭉이	깔쭈기	살살이	살사리

꿀꿀이	꿀꾸리	쌕쌕이	쌕쌔기
눈깜짝이	눈깜짜기	오뚝이	오뚜기
더펄이	더퍼리	코납작이	코납자기
배불뚜기	배불뚜기	푸석이	푸서기
삐죽이	삐주기	홀쭉이	홀쭈기

▶ '―하다'가 붙는 어근에 '―히'나 '―이'가 붙어서 부사가 되거나, 부사에 '―이'가 붙어서 뜻을 더하는 경우에는 그 어근이나 부사의 원형을 밝히어 적는다.

1. '―하다'가 붙는 어근에 '―히'나 '―이'가 붙는 경우

급히 꾸준히 도저히 딱히 어렴풋이 깨끗이

2. 부사에 '―이'가 붙어서 역시 부사가 되는 경우

곰곰이 더욱이 생긋이 오뚝이 일찍이 해죽이

▶ 끝소리가 'ㄹ'인 말과 딴 말이 어울릴 적에 'ㄹ' 소리가 나지 아니하는 것은 아니 나는 대로 적는다.

다달이(달-달-이)	따님(딸-님)	마되(말-되)
마소(말-소)	무자위(물-자위)	바느질(바늘-질)
부나비(불-나비)	부삽(불-삽)	부손(불-손)
소나무(솔-나무)	싸전(쌀-전)	여닫이(열-닫이)
우짖다(울-짖다)	화살(활-살)	

▶ 끝소리가 'ㄹ'인 말과 딴 말이 어울릴 적에 'ㄹ' 소리가 'ㄷ' 소리로 나는 것은 'ㄷ'으로 적는다.

반짇고리(바느질~)	사흗날(사흘~)	삼짇날(삼질~)
섣달(설~)	숟가락(술~)	이튿날(이틀~)
잗주름(잘~)	푿소(풀~)	섣부르다(설~)
잗다듬다(잘~)	잗다랗다(잘~)	

▶ 사이시옷은 다음과 같은 경우에 받치어 적는다.

1. 순 우리말로 된 합성어로서 앞말이 모음으로 끝난 경우

(1) 뒷말의 첫소리가 된소리로 나는 것

고랫재	귓밥	나룻배	나뭇가지
냇가	댓가지	뒷갈망	맷돌
머릿기름	모깃불	못자리	바닷가
뱃길	볏가리	부싯돌	선짓국
쇳조각	아랫집	우렁잇속	잇자국
잿더미	조갯살	찻집	쳇바퀴
킷값	핏대	햇볕	혓바늘

(2) 뒷말의 첫소리 'ㄴ, ㅁ' 앞에서 'ㄴ' 소리가 덧나는 것

멧나물	아랫니	텃마당
아랫마을	뒷머리	잇몸
깻묵	냇물	빗물

(3) 뒷말의 첫소리 모음 앞에서 'ㄴㄴ' 소리가 덧나는 것

도리깻열	뒷윷	두렛일	뒷일
뒷입맛	베갯잇	욧잇	깻잎
나뭇잎	댓잎		

2. 순 우리말과 한자어로 된 합성어로서 앞말이 모음으로 끝난 경우

(1) 뒷말의 첫소리가 된소리로 나는 것

귓병	머릿방	뱃병	봇둑
사잣밥	샛강	아랫방	자릿세
전셋집	찻잔	찻종	촛국
콧병	탯줄	텃세	핏기
햇수	횟가루	횟배	

(2) 뒷말의 첫소리 'ㄴ, ㅁ' 앞에서 'ㄴ' 소리가 덧나는 것

곗날	제삿날	훗날	툇마루
양칫물			

(3) 뒷말의 첫소리 모음 앞에서 'ㄴㄴ' 소리가 덧나는 것

가욋일	사삿일	예삿일	훗일

3. **두 음절로 된 다음 한자어**

곳간(庫間) 셋방(貰房) 숫자(數字) 찻간(車間)
툇간(退間) 횟수(回數)

▶ 두 말이 어울릴 적에 'ㅂ' 소리나 'ㅎ' 소리가 덧나는 것은 소리대로 적는다.

1. **'ㅂ' 소리가 덧나는 것**

댑싸리(대ㅂ싸리) 멥쌀(메ㅂ쌀) 볍씨(벼ㅂ씨) 입때(이ㅂ때)
입쌀(이ㅂ쌀) 접때(저ㅂ때) 좁쌀(조ㅂ쌀) 햅쌀(해ㅂ쌀)

2. **'ㅎ' 소리가 덧나는 것**

머리카락(머리ㅎ가락) 살코기(살ㅎ고기) 수캐(수ㅎ개)
수컷(수ㅎ것) 수탉(수ㅎ닭) 안팎(안ㅎ밖)
암캐(암ㅎ개) 암컷(암ㅎ것) 암탉(암ㅎ닭)

▶ 단위를 나타내는 명사는 띄어 쓴다.

한 **개** 차 한 **대** 금 서 **돈** 소 한 **마리**
옷 한 **벌** 열 **살** 조기 한 **손** 연필 한 **자루**
버선 한 **죽** 집 한 **채** 신 두 **켤레** 북어 한 쾌

순서를 나타내는 경우나 숫자와 어울리어 쓰이는 경우에는 붙여 쓸 수 있다.

두**시** 삼십분 오초	제일**과**	삼**학년**
육**층**	1446**년** 10**월** 9**일**	2**대대**
16**동** 502호	제1**실습실**	80**원**
10**개**	7**미터**	

▶ 수를 적을 적에는 '만(萬)' 단위로 띄어 쓴다.

십이억 삼천사백오십육만 칠천팔백구십팔

12억 3456만 7898

▶ 두 말을 이어 주거나 열거할 적에 쓰이는 다음의 말들은 띄어 쓴다.

국장 겸 과장	열 내지 스물	청군 대 백군
책상, 걸상 등이 있다	이사장 및 이사들	사과, 배, 귤 등등
사과, 배 등속	부산, 광주 등지	

▶ 단음절로 된 단어가 연이어 나타날 적에는 붙여 쓸 수 있다.

그때 그곳 좀더 큰것 이말 저말 한잎 두잎

▶ 성과 이름, 성과 호 등은 붙여 쓰고, 이에 덧붙는 호칭어, 관직명 등은 띄어 쓴다.

김양수(金良洙)	서화담(徐花潭)	채영신 씨
최치원 선생	박동식 박사	충무공 이순신 장군

성과 이름, 성과 호를 분명히 구분할 필요가 있을 경우에는 띄어 쓸 수 있다.

남궁억/남궁 억　　독고준/독고 준　　황보지봉(皇甫芝峰)/황보 지봉

▶ 성명 이외의 고유 명사는 단어별로 띄어 씀을 원칙으로 하되, 단위별로 띄어 쓸 수 있다.(ㄱ을 원칙으로 하고, ㄴ을 허용함.)

ㄱ	ㄴ
대한 중학교	대한중학교
한국 대학교 사범 대학	한국대학교 사범대학

▶ 전문 용어는 단어별로 띄어 씀을 원칙으로 하되, 붙여 쓸 수 있다.(ㄱ을 원칙으로 하고, ㄴ을 허용함.)

ㄱ	ㄴ
만성 골수성 백혈병	만성골수성백혈병
중거리 탄도 유도탄	중거리탄도유도탄

▶ 부사의 끝음절이 분명히 '이'로만 나는 것은 '—이'로 적고, '히'로만 나거나 '이'나 '히'로 나는 것은 '—히'로 적는다.

1. **'이'로만 나는 것**

가붓이	깨끗이	나붓이	느긋이	둥긋이
따뜻이	반듯이	버젓이	산뜻이	의젓이
가까이	고이	날카로이	대수로이	번거로이
많이	적이	헛되이	겹겹이	번번이
일일이	집집이	틈틈이		

2. **'히'로만 나는 것**

극히	급히	딱히	속히	작히
족히	특히	엄격히	정확히	

3. **'이, 히'로 나는 것**

솔직히	가만히	간편히	나른히	무단히
각별히	소홀히	쓸쓸히	정결히	과감히
꼼꼼히	심히	열심히	급급히	답답히
섭섭히	공평히	능히	당당히	분명히
상당히	조용히	간소히	고요히	도저히

▶ 한자어에서 본음으로도 나고 속음으로도 나는 것은 각각 그 소리에 따라 적는다.

본음으로 나는 것	속음으로 나는 것
승낙(承諾)	수락(受諾), 쾌락(快諾), 허락(許諾)

만난(萬難)	곤란(困難), 논란(論難)
안녕(安寧)	의령(宜寧), 회령(會寧)
분노(忿怒)	대로(大怒), 희로애락(喜怒哀樂)
토론(討論)	의논(議論)
오륙십(五六十)	오뉴월, 유월(六月)
목재(木材)	모과(木瓜)
십일(十日)	시방정토(十方淨土), 시왕(十王), 시월(十月)
팔일(八日)	초파일(初八日)

▶ 다음과 같은 접미사는 된소리로 적는다.(ㄱ을 취하고, ㄴ을 버림.)

ㄱ	ㄴ	ㄱ	ㄴ
심부름꾼	심부름군	귀때기	귓대기
익살꾼	익살군	볼때기	볼대기
일꾼	일군	판자때기	판잣대기
장꾼	장군	뒤꿈치	뒷굼치
장난꾼	장난군	팔꿈치	팔굼치
지게꾼	지게군	이마빼기	이맛배기
때깔	땟갈	코빼기	콧배기
빛깔	빛갈	객쩍다	객적다
성깔	성갈	겸연쩍다	겸연적다

▶ '—더라, —던'과 '—든지'는 다음과 같이 적는다.

1. **지난 일을 나타내는 어미는 '—더라, —던'으로 적는다.**(ㄱ을

취하고, ㄴ을 버림)

ㄱ	ㄴ
지난 겨울은 몹시 춥더라.	지난 겨울은 몹시 춥드라.
깊던 물이 얕아졌다.	깊든 물이 얕아졌다.
그렇게 좋던가?	그렇게 좋든가?
그 사람 말 잘하던데!	그 사람 말 잘하든데!
얼마나 놀랐던지 몰라.	얼마나 놀랐든지 몰라.

2. **물건이나 일의 내용을 가리지 아니하는 뜻을 나타내는 조사와 어미는 '(—)든지'로 적는다.**(ㄱ을 취하고, ㄴ을 버림.)

ㄱ	ㄴ
배든지 사과든지 마음대로 먹어라.	배던지 사과던지 마음대로 먹어라.
가든지 오든지 마음대로 해라.	가던지 오던지 마음대로 해라.

▶ 다음 단어들은 거센소리를 가진 형태를 표준어로 삼는다.(ㄱ을 표준어로 삼고, ㄴ을 버림.)

ㄱ	ㄴ	비고
끄나풀	끄나불	
나팔-꽃	나발-꽃	
녘	녁	동~, 들~, 새벽~, 동 틀~
부엌	부억	

살-쾡이	삵-괭이	
칸	간	1. ~막이, 빈 ~, 방 한 ~ 2. '초가 삼간, 윗간'의 경우에는 '간'임.
털어-먹다	떨어-먹다	재물을 다 없애다.

▶ 어원에서 멀어진 형태로 굳어져서 널리 쓰이는 것은, 그것을 표준어로 삼는다.(ㄱ을 표준어로 삼고, ㄴ을 버림.)

ㄱ	ㄴ	비고
끄나풀	강남-콩	
고삿	고샅	겉~, 속~
사글-세	삭월-세	'월세'는 표준어임.
울력-성당	위력-성당	떼를 지어서 으르고 협박하는 일

▶ 다음 단어들은 의미를 구별함이 없이, 한 가지 형태만을 표준어로 삼는다.(ㄱ을 표준어로 삼고, ㄴ을 버림.)

ㄱ	ㄴ	비고
돌	돐	생일, 주기
둘-째	두-째	'제2, 두 개재'의 뜻
셋-째	세-째	'제3, 세 개째'의 뜻
넷-째	네-째	'제4, 네 개째'의 뜻
빌리다	빌다	1. 빌려 주다, 빌려 오다 2. '용서를 빌다'는 '빌다'임.

'둘째'는 십 단위 이상의 서수사에 쓰일 때에 '두째'로 한다.

ㄱ	ㄴ	비고
열두-째 스물두-째		열두 개째의 뜻은 '열둘째'로, 스물두 개째의 뜻은 '스물둘째'로.

▶ 수컷을 이르는 접두사는 '수-'로 통일한다.(ㄱ을 표준어로 삼고, ㄴ을 버림.)

ㄱ	ㄴ	비고
수-꿩	수-퀑/숫-꿩	'장끼'도 표준어임.
수-나사	숫-나사	
수-놈	숫-놈	
수-사돈	숫-사돈	
수-소	숫-소	'황소'도 표준어임.
수-은행나무	숫-은행나무	

다음 단어에서는 접두사 다음에서 나는 거센소리를 인정한다. 접두사 '암-'이 결합되는 경우에도 이에 준한다.(ㄱ을 표준어로 삼고, ㄴ을 버림.)

ㄱ	ㄴ	ㄱ	ㄴ
수-캉아지	숫-강아지	수-탕나귀	숫-당나귀
수-캐	숫-개	수-톨쩌귀	숫-돌쩌귀
수-컷	숫-것	수-퇘지	숫-돼지
수-키와	숫-기와	수-평아리	숫-병아리
수-탉	숫-닭		

다음 단어의 접두사는 '숫—'으로 한다.(ㄱ을 표준어로 삼고, ㄴ을 버림.)

ㄱ	ㄴ
숫-양	수-양
숫-염소	수-염소
숫-쥐	수-쥐

▶ 양성 모음이 음성 모음으로 바뀌어 굳어진 다음 단어는 음성 모음 형태를 표준어로 삼는다.(ㄱ을 표준어로 삼고, ㄴ을 버림.)

ㄱ	ㄴ	비고
깡충-깡충	깡총-깡총	큰말은 '껑충껑충'임.
- 둥이	- 동이	← 童-이, 귀-, 막-, 선-, 쌍-, 검-, 바람-, 흰-.
발가-숭이	발가-송이	센말은 '빨가숭이', 큰말은 '벌거숭이, 뻘거숭이'임
보퉁이	보통이	
봉죽	봉족	← 奉足, ~꾼, ~ 들다.
뻗정-다리	뻗장-다리	
아서, 아서라	앗아, 앗아라	하지 말라고 금지하는 말.
오뚝-이	오똑-이	부사도 '오뚝-이'임.
주추	주초	← 柱礎, 주춧-돌.

어원 의식이 강하게 작용하는 다음 단어에서는 양성 모음 형태를 그대로 표준어로 삼는다.(ㄱ을 표준어로 삼고, ㄴ을 버림.)

ㄱ	ㄴ	비고
부조(扶助)	부주	~금.
사돈(査頓)	사둔	밭~, 안~.
삼촌(三寸)	삼춘	시~, 외~, 처~.

▶ 'ㅣ' 역행 동화 현상에 의한 발음은 원칙적으로 표준 발음으로 인정하지 아니 하되, 다만 다음 단어들은 그러한 동화가 적용된 형태를 표준어로 삼는다.(ㄱ을 표준어로 삼고, ㄴ을 버림.)

ㄱ	ㄴ	비고
—내기	—나기	서울—, 시골—, 신출—, 풋—
냄비	남비	
동댕이-치다	동당이-치다	

다음 단어는 'ㅣ' 역행 동화가 일어나지 아니한 형태를 표준어로 삼는다.(ㄱ을 표준어로 삼고, ㄴ을 버림.)

ㄱ	ㄴ	비고
아지랑이	아지랭이	

기술자에게는 '—장이', 그 외에는 '—쟁이'가 붙는 형태를 표준어로 삼는다.(ㄱ을 표준어로 삼고, ㄴ을 버림.)

ㄱ	ㄴ	ㄱ	ㄴ
미장이	미쟁이	담쟁이-덩굴	담장이-덩굴
유기장이	유기쟁이	골목쟁이	골목장이
멋쟁이	멋장이	발목쟁이	발목장이
소금쟁이	소금장이		

▶ 다음 단어는 모음이 단순화한 형태를 표준어로 삼는다.(ㄱ을 표준어로 삼고, ㄴ을 버림.)

ㄱ	ㄴ	비고
괴팍-하다	괴퍅-하다/괴팩-하다	
-구먼	-구면	
미루-나무	미류-나무	←美柳~.
미륵	미력	←彌勒, ~ 보살, ~불, 돌~.
여느	여늬	
온-달	왼-달	만 한 달
으레	으례	
케케-묵다	켸켸-묵다	
허우대	허위대	
허우적-허우적	허위적-허위적	

▶ 다음 단어에서는 모음의 발음 변화를 인정하여, 발음이 바뀌어 굳어진 형태를 표준어로 삼는다.(ㄱ을 표준어로 삼고, ㄴ을 버림.)

ㄱ	ㄴ	비고
~구려	~구료	
깍쟁이	깍정이	1. 서울 ~, 알~, 찰~.
		2. 도토리, 상수리 등의 받
나무라다	나무래다	침은 '깍정이'임.
미수	미시	미숫-가루
바라다	바래다	'바램[所望]'은 비표준어임.
상추	상치	
주책	주착	←主着, ~망나니, ~없다.
지루-하다	지리-하다	←支離.
튀기	트기	
허드레	허드래	허드렛-물, 허드렛-일.
호루라기	호루루기	

▶ '웃—' 및 '윗—'은 명사 '위'에 맞추어 '윗—'으로 통일한다.(ㄱ을 표준어로 삼고, ㄴ을 버림.)

ㄱ	ㄴ	ㄱ	ㄴ
윗-넓이	웃-넓이	윗-배	웃-배
윗-눈썹	웃-눈썹	윗-벌	웃-벌
윗-니	웃-니	윗-변	웃-변

윗-도리	웃-도리	윗-사랑	웃-사랑
윗-막이	웃-막이	윗-수염	웃-수염
윗-머리	웃-머리	윗-입술	웃-입술
윗-목	웃-목	윗-잇몸	웃-잇몸
윗-몸	웃-몸	윗-자리	웃-자리
윗-바람	웃-바람		

된소리나 거센소리 앞에서는 '위—'로 한다.(ㄱ을 표준어로 삼고, ㄴ을 버림.)

ㄱ	ㄴ	비고
위-짝	웃-짝	
위-쪽	웃-쪽	
위-채	웃-채	
위-층	웃-층	
위-치마	웃-치마	
위-턱	웃-턱	~ 구름[上層雲].
위-팔	웃-팔	

'아래, 위'의 대립이 없는 단어는 '웃—'으로 발음되는 형태를 표준어로 삼는다.(ㄱ을 표준어로 삼고, ㄴ을 버림.)

ㄱ	ㄴ	비고
웃-국	윗-국	

웃-기 웃-돈 웃-비 웃-어른 웃-옷	윗-기 윗-돈 윗-비 윗-어른 윗-옷	~ 걷다.

▶ 한자 '구(句)'가 붙어서 이루어진 단어는 '귀'로 읽는 것을 인정하지 아니하고, '구'로 통일한다.(ㄱ을 표준어로 삼고, ㄴ을 버림.)

ㄱ	ㄴ	ㄱ	ㄴ
구법(句法)	귀법	문구(文句)	문귀
구절(句節)	귀절	성구(成句)	성귀
결구(結句)	결귀	시구(詩句)	시귀
경구(警句)	경귀	어구(語句)	어귀
단구(短句)	단귀	인용구(引用句)	인용귀
대구(對句)	대귀	절구(絶句)	절귀

자주 틀리는 단어들

가름	둘로 가름.
갈음	새 책상으로 갈음하였다.
거치다	영월을 거쳐 왔다.
걷히다	외상값이 잘 걷힌다.
걷잡다	걷잡을 수 없는 상태.
겉잡다	겉잡아서 이틀 걸릴 일.
그러므로(그러니까)	그는 부지런하다. 그러므로 잘 산다.
그럼으로(써) (그렇게 하는 것으로)	그는 열심히 공부한다. 그럼으로(써) 은혜에 보답한다.
노름	노름판이 벌어졌다.
놀음(놀이)	즐거운 놀음.
느리다	진도가 너무 느리다.
늘이다	고무줄을 늘인다.
늘리다	수출량을 더 늘린다.

다리다	옷을 다린다.
달이다	약을 달인다.
다치다	부주의로 손을 다쳤다.
닫히다	문이 저절로 닫혔다.
닫치다	문을 힘껏 닫쳤다.
바치다	나라를 위해 목숨을 바쳤다.
받치다	우산을 받치고 간다. 책받침을 받친다.
받히다	쇠뿔에 받혔다.
밭치다	술을 체에 밭친다.
반드시	약속은 반드시 지켜라.
반듯이	고개를 반듯이 들어라.
부딪치다	차와 차가 마주 부딪쳤다.
부딪히다	마차가 화물차에 부딪혔다.
부치다	힘이 부치는 일이다.
	편지를 부친다.
	논밭을 부친다.
	빈대떡을 부친다.

식목일에 부치는 글.
회의에 부치는 안건.
인쇄에 부치는 원고.
삼촌 집에 숙식을 부친다.

붙이다 우표를 붙인다.
책상을 벽에 붙였다.
흥정을 붙인다.
불을 붙인다.
감시원을 붙인다.
조건을 붙인다.
취미를 붙인다.
별명을 붙인다.

안치다 밥을 안친다.
앉히다 윗자리에 앉힌다.

어름 두 물건의 어름에서 일어난 현상.
얼음 얼음이 얼었다.

저리다 다친 다리가 저린다.
절이다 김장 배추를 절인다.

조리다 생선을 조린다. 통조림, 병조림.

졸이다	마음을 졸인다.
주리다	여러 날을 주렸다.
줄이다	비용을 줄인다.
하노라고	하노라고 한 것이 이 모양이다.
하느라고	공부하느라고 밤을 새웠다.
—(으)러(목적)	공부하러 간다.
—(으)려(의도)	서울 가려 한다.
—(으)로서(자격)	사람으로서 그럴 수는 없다.
—(으)로써(수단)	닭으로써 꿩을 대신했다.
—(으)므로(어미)	그가 나를 믿으므로 나도 그를 믿는다.
(-ㅁ, -음)으로(써)(조사)	그는 믿음으로(써) 산 보람을 느꼈다.

백운복

전라남도 강진에서 태어나 그곳에서 초등학교 시절까지 보냈다. 서울에서 중·고교를 마치고, 서강대학교 국어국문학과를 졸업했다. 동 대학원 국어국문학과에서 석·박사과정을 졸업했으며, 1989년 「한국현대시론의 역사적 연구」로 문학박사 학위를 받았다. 1982년 <동아일보> 신춘문예와 월간 『시문학』을 통해 문학평론가로 등단하면서 현장 비평 활동을 시작했다. 서강대학교 국어국문학과 대우전임강사와 서원대학교 한국어문학과 교수로 35년간 재직한 후 정년퇴임하고 현재는 서원대학교 명예교수로서 글쓰기와 문예창작 및 인문학 관련 강의활동을 이어가고 있다. 2005년에는 호주 그리피스대학교 언어학부에서 1년간 객원교수로 있으면서 '글쓰기(writing)'에 대한 이론과 실제를 집중적으로 연구했다.

주요 저서로 『서정의 매듭풀이』(1993), 『시의 이론과 비평』(1997), 『한국서정문학론』(공저, 1997), 『현대시의 논리와 변명』(2001), 『문학의 이해』(공저, 2002), 『문예사조의 이해』(공저, 2003), 『현대시의 이해와 감상』(2006), 『한국현대시론』(2009), 『시가 위로의 말을 건넨다』(2016) 등이 있으며, 시집으로 『아름다운, 너무나 아름다운 세상』(2014), 『그래도 세상은 여전히 아름답다』(2019)가 있다.